分享思考的快乐

李静／著

大先生

中国文史出版社

图书在版编目（CIP）数据

大先生 / 李静著. — 北京：中国文史出版社，2015.5

ISBN 978-7-5034-6440-9

Ⅰ. ①大… Ⅱ. ①李… Ⅲ. ①话剧剧本－作品集－中国－当代

Ⅳ. ①I234

中国版本图书馆CIP数据核字(2015)第124740号

大先生

财新图书主编：徐　晓

财新图书策划：张家艺

责任编辑：赵姣娇

封面设计：合和工作室

版式设计：谭　锴

出版发行：中国文史出版社

社　　址：北京市西城区太平桥大街23号　邮编：100811

电　　话：010－66173572　66168268　66192736（发行部）

传　　真：010－66192703

印　　制：北京鹏润伟业印刷有限公司

经　　销：全国新华书店

开　　本：889毫米×1230毫米　1/32

印　　张：7.5

字　　数：120千字

版　　次：2015年8月北京第1版

印　　次：2015年8月第1次印刷

定　　价：38.00元

李静的探险
序《大先生》

刀尔登

每个人有每个人的莎士比亚，或塞万提斯，或鲁迅，已经是常识了。这常识后面的道理，颇不简单。在中国，写鲁迅的文章及书，或学术的，或通俗的，或历史的，或文学的，用一句汗牛充栋来形容，颇不为过；那么，我们普通的读者，每回在书目上见到、或竟捧起一本以鲁迅为主题的书，几个老问题，常回到心头：为什么这么多人对鲁迅怀有持久的兴趣，我们还想从他身上获得什么？为什么是他，不是别人？归根结底，我们为什么要如此深入他人的心灵？

一个解释，是知识传统的意义，每在其外表之外。

比如中国的易学，要是说能从易的经传中钩索出什么不得了的道理来，我是不信的，但我得承认，在这一过程中，许多零碎的、本来难以立足的观点或思想方法，寄身易学，托赖以传。这一点与本书的题旨无关，不多说。

为什么是鲁迅？世有所谓名山大川，而又有无数的山丘，连名字都无福拥有。我们购买可恶的门票，摩肩擦踵地挤上某个名山之顶，而在它周围，翻翻滚滚的大小诸峰，只成照相的背景。这不是公平与不公平的问题，世界便是如此结构，我们便是这样一些人。虽然山峦的本质并无两样，虽然每个灵魂的份量都是相同的，然而不得不承认，其中的某一些，确较另一些，更有丰富的呈现，更能激发我们求索的欲望，而在探索的过程中，更提供享受。

人类的探索在两个方向上运行，一是对物理世界的探索，一是对自身精神世界的探索。人文方向上的工作者，看到科学家有条不紊的事业，看到他们建立起来的可靠体系，一步步取得的巨大成就，或该有些嫉妒。对人类精神世界的考察，古往今来积累了极为丰富的知识，可惜这类知识在多数情况下仍呈碎片的面貌，我们没有前者所拥有的那种可靠的工具，我们没有一种满意的手段，来判定哪些结论是足够充分的，可以放心地作为基石来使用，我们没有信心，来敢于宣布哪一些记录和观点是过时的、没有实际价值的。我们也曾从科学家那里借来分析的方法，然而只是发现根本没办法决定哪些参数是重要的，哪些又是无关紧要的；而不管通过哪种途径，既已建立的理论体系，无不像外观过于规则的包裹，试图装入极不规则的、过多的物品，略一用力，便捉襟见肘。

有时我们不得不回到直觉，回到想像。李静在本书中提过“灵魂的想像”，我想她是指想像传主的内心。这如同试图潜入他人的梦境，有经验的读者，当知是多么艰难甚至凶险的事业。这基本上是一种文学性、而非学术性的工作方式，不过我又相信，在人文的研究领域，这种想像的欲望或能力的有无或高下，是否尝试去在想像中建立传主的浑然整体，能否使断续的文本和事迹融为某种圆满、而不仅仅是在概念工具中勾搭粘连，在很大程度上区别着杰出的成果与庸作。

当然，不管取哪一种途径，没人奢望能真的再现传主的精神世界，那是只属于他自己的；研究他人的意义，仅在于发现人类精神的共性以及我们自己的个性。

以意逆志在本质是不可能的，而又是极有价值的工作。剧本《大先生》中有句台词：“我将在空虚的镜子前，好好端详自己。”我们自己是自己的空镜，然而在他人身上，我们看到自己。凝视自己深渊一般的内心，是不祥的事，有人看得多了，结果发疯；观照他人，特别是主动提供了精神样本的人，正是我们理解自己的常规方式。然而他人的内心，同样是世上最崎岖的地区，多行一步，便有失足之虞，而死者是不受伤害的，那么，探险者只能以自身为赌本了，所以这样的事，唯勇者能为之。

剧本中，“鲁迅”有这么几句台词：“我宁可背叛自己，也不要背叛你们的眼泪。捧住它们！不让它们掉进无声的土里！也不让它们再增加一滴！这是我毒蛇般的誓愿。这是我疯狂的秘密。”秘密……谁又知道别人的秘密呢？谁又不在讨论别人的秘密呢？在纷乱的议论中，总会有一些，使我们觉得那是可信的揭示，如果它既符合我们对传主、对同类以及对自己的理解，又增进了这种理解。至于它是否本来的秘密，在人类自我丰富这一进程面前，并不重要了，李静写的是李静的鲁迅，正如鲁迅写的是鲁迅的中国，实际上，任何代本体立言的宣称，都是大话或谎言，一个写作者能做到的最好的事，就是忠实于他的观察，而我们读者，总有办法鉴别出作者的诚实与否。

值此犬儒盛世，有幸读到这样强悍的创作，拉杂言之，以致敬于作者出色的工作。

目录

大先生

无场次非历史剧

时间： 1936 年 10 月 19 日凌晨，及其他

地点： 鲁迅家，及其他

人物： 鲁迅，本名周树人，字豫才

瘦子，“天使”，影子回收专家

胖子，“天使”，影子回收专家

许广平，曾为鲁迅的学生，后为鲁迅的伴侣

鲁瑞，鲁迅的母亲

朱安，鲁迅的夫人，旧式女人

羽太信子，周作人之妻。以上四位女性由一位女演员扮演

黑衣青年

铁皮人

周作人，鲁迅二弟，学者，后与鲁迅决裂

胡适，自由主义学者，学界领袖，曾与鲁迅同为《新青年》撰稿人，后分道扬镳

瘦士绅 / 穿黄袍的人 / 威严的中年人 / 执政官 / 持鞭的男人，瘦子扮演

胖士绅 / 滚骨环的人 / 不笑的青年 / 行刑官 / 督学，胖子扮演

须藤医生，经常为鲁迅看病的日本医生须藤五百三，六十来岁

阿Q

王胡

小D

闰土

众侍卫

女生甲

女生乙

女生丙

革命青年及群众若干

盲母，也由饰演许广平的女演员扮演

“天堂”里的知识分子及鬼众若干

【 寂静。时钟走针声。灯渐亮。舞台空空。一把可升降的椅子。侧边一根木柱。上空挂着一个钟，指向三点钟（依表演时间长度调整）。鲁迅衰弱地躺坐在椅子上，紧握着许广平的手。许广平跪坐在地上。须藤医生站在椅子旁。

须藤医生　打了两针了。（看了许广平一眼，后者正满怀指望地望着他，违心地）但愿先生没问题……

许广平　（看着鲁迅）你没事的，你肯定没事的，我担保你一会儿就好了，你已经好多了……你看，我一点儿都不担心你，我还能去忙别的事情……（站起身）我这就去忙别的事情！你，好好睡一会儿吧。

【 许广平带着神经质的果决费劲地抽出手来，和须藤医生下。舞台上只剩鲁迅。

鲁迅　（由缓入急的心跳声，慢慢苏醒，想要站起，站不起来，挣扎，掰椅子扶手，似乎椅子长在了他的肉里）走开……你给我……走开……（他吃力地试图站起，椅子似乎粘在他身上）广平……你在哪儿呢……来看看我吧……看我怎么挣脱……这把椅子……这把像要长进我肉里的……椅子……（奋力跟椅子挣扎）就算长在肉里……也要……

挣脱你……烧掉你……哪怕烧掉……我自己……（停下，寻找，声音慢慢变得正常）广平，你在哪儿呢……（停止挣扎，望望窗外）外面似乎……月亮很好……嗯，我喜欢月亮和小孩……我讨厌说谎的人和煤烟……这两样东西，都刺激气管……

【 咳嗽。突然又跟椅子较起劲来，好像刚才的放松是为了蒙蔽它似的。

一个声音　我来帮你。

【 鲁迅四顾，黑衣青年突然持剑站在他身旁。

鲁迅　不，不必！这是我和它之间的事，不必连累你。

黑衣青年　（举剑）这不是事。只恐伤了你。

鲁迅　不，不必！

【 铁皮人带着锁链上，黑衣青年举剑欲砍时，他拿铁索套住了剑。

铁皮人　不许破坏它！这椅子还有用。（对鲁迅）你也忍耐吧，人们需要你坐在椅子上。

黑衣青年　（向铁皮人刺去）糊涂虫，放开他！

铁皮人　（用铁链抵挡）自私的东西，离开他！

黑衣青年　（对打）你愿意当囚犯，就一定要别人不自在？

铁皮人　（对打）你不肯彻底牺牲，就鼓动别人出尔反尔？

黑衣青年　看剑！（向铁皮人刺去）

铁皮人　接招！（欲将锁链套向黑衣青年，却被他刺在了背上）啊！（欲倒地）

黑衣青年　（疲惫而冷冷地对鲁迅，举剑）你果真要毁掉这把椅子么？

鲁迅　是的，但你不必帮忙。这是我和它之间的事。

【　鲁迅继续跟椅子挣扎较劲，黑衣青年举剑欲向椅子劈去，铁皮人则欲拦阻黑衣青年。

男人的声音　鲁迅先生！

另一个男人的声音　周树人先生！

【　黑衣青年和铁皮人悄无声息地退下。专家模样的瘦子和胖子风尘仆仆地上。瘦子的神情是深思熟虑的，胖子则总是懵懂而洋洋得意的，手里提着一个小手提箱。

瘦子　（鞠躬）唐突来访，万勿见怪！

胖子　（鞠躬）初次见面，不胜荣幸！（对由他提着箱子这件事意见很大，气喘吁吁地甩手、擦汗，抱怨瘦子）哎哟喂累死我了累死我了，慢点儿你会死啊？

鲁迅　生活中总有些不合情理的事情，比如现在。我正要毁掉这把椅子，却被这两位打断。我不认识他们，不知他们打哪儿来……

瘦子　（指着地下）上边。

胖子　学名天堂。

鲁迅　也不知他们要到哪儿去……

瘦子　（指着地下）上边。

胖子　当然是天堂啦。

鲁迅　不知他们是做什么的……

瘦子　影子回收专家。

胖子　（志得意满地）专家！

鲁迅　更不知他们来这儿做什么……

瘦子　把您和您的影子分开。

胖子　（神气活现地）分开！

鲁迅　同样是国语，可我听不懂他们的话……

瘦子　（用脚点了点鲁迅在地上的影子）这个，您的影子，看到了么？

鲁迅　怎么？

瘦子　一会儿您在外头，它在里头。

鲁迅　哪个外头、里头？

胖子　（扬了扬手里的箱子）箱子！一会儿您在这箱子外头，您的影子，装在它里头。您不脱掉影子，没法跟我们走。

鲁迅　（摇头）都是些鬼话。我一定是在做梦……

瘦子　您做了一辈子的梦，现在可该醒了。

胖子　脱掉您的影子，跟我们走罢。大家伙儿都等着您哪。

【　胖子、瘦子分别拽住鲁迅的左右臂，踩着地上，欲强行脱掉他的影子。

女人的声音　等等！

【　朱安上。二专家住手。

朱安　你，这就要走了么？

鲁迅　看来是的，你……？

【　瘦子和胖子空气似的退下。

朱安　没什么，送送你，顺便，跟你要一样东西……

鲁迅　随便拿，安，只要我有的……

朱安　安？（茫然地）你在叫谁？

鲁迅　这儿还有谁叫安的？

朱安　结婚三十年了，第一次听你喊我的名儿，我还以为是喊别人……

鲁迅　对不起，安……

朱安　别，别这么说，女人本不该有名字的，女人有了名字，就会不本分……

鲁迅　（不耐烦地）又来了，总是本分，本分……

朱安　我果真，可以带走你一样东西么？

鲁迅　我说过的，只要我有，你就可以拿的。

朱安　不后悔？

鲁迅　不后悔。

朱安　（下决心地）好，你对我笑一下。

鲁迅　什么？

朱安　笑一下，对我。

【 鲁迅不自在地笑了一下。

朱安　好极了。（伸手摸向鲁迅的脸，作撕下一层状）

鲁迅　（摸脸）你，这是做什么？

朱安　（端详着手中）平生第一次得到你的笑脸哪，我要把它带回到北平的家里，挂在墙上，让娘看看，他的大儿子也对我笑过。让你的学生看看，他们的大先生也对我笑过……嗯，虽是看起来勉强些，可毕竟是笑给我一个人的呀……屋里挂着它，就暖和多了……暖和多了……我这辈子，过得好冷啊……连路边的讨饭婆我都羡慕，因为她能得着你的笑脸、你的安慰，你放在她手里的钱，还是温热的……可是，当你直起身来看见我时，笑容就冻在脸上，眼睛也结了冰……告诉我，为什么？为什么你可怜每一个受苦的人，却从不可怜可怜我呢？我也是人呀……

鲁迅　（愣住）你也是人？是啊，你也是人……一个我不爱的人，经过我的同意，来到了只有爱才可以占据的位置上……

朱安　毁了我，成全了你。

鲁迅　毁了你，成全了我？

朱安　我就不配被"毁"么？你以为……（鼓起勇气）你以为你供养着我，就是天大的恩典么？

鲁迅　我，我不是这意思……

朱安　我早就活够了。只要一睁眼，就是望不到头的黑。我是多余的。我是你的累赘。我是让你大圣人鲁迅先生受苦的根儿……没人对我说什么，可我知道人们心里每时每刻都在说着这些话。我听够了，我的心已成了一团破棉絮……（从衣襟里掏出一团黑红的棉絮，放到鲁迅手里）给你，留个纪念罢。（欲下）

鲁迅　等等，安！（端详这团棉絮，又看了看朱安）你的样子，你的样子寒冷瑟缩悲苦难言，忽然令我感到罪过，似乎我做错了什么。我知道冷气可以杀人，可我没想过，我曾用冷气杀你。我宁愿当你是一把椅子，只要没缺一条腿就好……

朱安　（机械地，木呆呆地）好的。

鲁迅　我宁愿当你是一只小狗，只要你有吃有喝、生病有药就够……

朱安　（机械地，木呆呆地）够了。

鲁迅　我忘了你也会想点什么……

朱安　（机械地，木呆呆地）没关系。

鲁迅　我以为你是一部留声机……

朱安　（机械地，木呆呆地）饭，还要一碗么？（盛饭状）

鲁迅　好的。（递碗状）

朱安　（机械地，木呆呆地）菜，咸么？

鲁迅　还好……（停顿）几十年了，你对我说的只有这些话。我怕走近你。我怕你忍耐顺从的鬼魂钻进我的身体。

朱安　（受伤地）鬼魂？

鲁迅　当然，我也不能退还你，就像退还一件不中意的货品。

朱安　（冷笑）货品……

鲁迅　（不知这话对对方是一种伤害，兀自沉浸于自怜的情绪）你是母亲给我的礼物。我只能好好地供养你。爱情是我所不知道的……

【 朱安转身，披上披肩，变成鲁瑞。

鲁瑞　（流泪）大，你在怪我，到现在都在怪我……

鲁迅　娘？

鲁瑞　大……（流泪）

鲁迅　娘，您别哭……（扶鲁瑞坐在椅子上）

鲁瑞　我怎么能不哭，要不是那时我一定要你娶安，你也不会苦这么多年……

鲁迅　娘，都过去了，还提它做什么呢。

鲁瑞　可是，娘有一件事不明白。

鲁迅　您说。

鲁瑞　你那时满可以不听我的，谁都知道你满脑子新思想……

鲁迅　怎么可以不听您的呢，娘？服从您是我的责任。

鲁瑞　责任，多冷的词。

鲁迅　那就换个词罢……服从您，是出于感激。

鲁瑞　感激？

鲁迅　（从怀里掏出一块红水晶般的晶体，递给鲁瑞）感激您为我流过的眼泪。瞧，我把它们一滴滴收着，攒了这么多。

鲁瑞　（接过，端详）怎么会是红的？

鲁迅　真正的眼泪都是红的，跟血一样。

鲁瑞　跟血一样……

鲁迅　所以我从不敢丢掉它们。您要我做什么，我就做什么。

鲁瑞　真是疯话。

鲁迅　真的，娘，自打父亲病倒那天起，我就是这么想的。那年我十三岁。那年您为了给父亲治病，开始变卖田产和家当，我也从一个少爷，慢慢成了遭人白眼的“小讨饭”，在这过程里，我看清了世人的真面目……可看清了又能怎样呢？父亲还是在我十六岁那年故去了，中医们那些稀奇古怪的偏方，没能救得了他。跪在他的坟前，您边哭边对我和二弟三弟说……

鲁瑞　孩子，娘以后只有你们了……

鲁迅　那时我就发誓，只要我活着，就不再让您流一滴泪。哪怕您要我喝下丧命的毒酒，只要能止住您的泪，我都会喝的，何况，只是结婚……

【 迎亲的唢呐声响起。灯光变换，鲁瑞坐在椅子上，变出一个新郎帽，如持酒杯。

鲁瑞　大，戴上帽子，去接新娘罢。

鲁迅　（接帽子如接酒杯）娘，您见过她么？

鲁瑞　没有。亲戚做媒，门当户对，总不会错的罢。

鲁迅　（看着帽子，黯然地）但愿，娘。

鲁瑞　（擦泪）怪娘给你包办婚事么？

鲁迅　只要您愿意就好，只要您愿意……

鲁瑞　（擦泪，看着帽子）你不愿戴假辫子，娘知道，（哭，擦泪）可入乡随俗，娘不想让人指指戳戳……

鲁迅　娘，您别哭！我戴就是了。

鲁瑞　（哭）娘让你为难了……

鲁迅　不不不，不为难，在东京剪辫子只为了省事，回来戴假辫子，不也省事么……（苦涩地对观众）剪辫子，是表示不做“支那猪”，可和母亲的眼泪相比，做回“支那猪”又算得了什么呢……（戴帽子的姿势如饮酒，辫子垂下来）

【 唢呐声中，四个轿夫抬着婚轿上——他们是阿Q、王胡、小D和闰土。轿旁走着梳辫子的瘦士绅和胖士绅，由前面出现的瘦子和胖子扮演。鲁瑞披上红盖头，成为朱安，走进婚轿。

瘦士绅　（玩一样鞭打着轿夫）趁着豫才贤侄大婚，咱得好好教训他一下。哼，想玩儿东洋鬼子那一套？门儿也没有！

胖士绅　（玩一样鞭打着轿夫）什么东洋鬼子西洋鬼子，通通都是坏东西！专挖人眼睛！挖完了小鲫鱼似的一层层放进坛子里腌起来！

众轿夫　（高山仰止地）他们腌眼睛代替腌菜的么？

胖士绅　（睥睨一切地）哪里！他们是有大用处的。用来做电线。每年往坛子里添加铁丝儿，等将来鬼兵到时，好缠得中国人没地儿逃跑！

众轿夫　没听懂！

瘦士绅　（玩一样鞭打着轿夫）混账东西，有些话就不是用来听懂的！（对胖士绅）腌眼睛还有一样用处咧——做照相机！照出一个相，勾走一个魂儿呀！

众轿夫　哎哟妈呀！

阿Q　（边抬轿走着边恭敬地）启禀老爷，洋鬼子还挖人心肝咧！挖了去，熬成油，点了灯，向地下各处照去。您想呀，人心总是贪财的，一照到埋着宝贝的地方，那火头儿能不弯下去么？他们就当即挖开土来，取了宝贝去……要不洋鬼子怎会这样地有钱！

王胡　该死的洋鬼子！

小D　天打五雷轰！

【 闰土沉默地咳了一声。

瘦士绅　哼，别的我管不着，今儿我倒是要瞧瞧，这位贤侄敢不敢学那洋鬼子，秃着脑袋娶亲！

胖士绅　他要是敢，可有好戏看！

众人　（除了沉默的闰土，都同仇敌忾地捋胳膊挽袖子）诶！那就有好戏看！

【 戴着假辫新郎帽的鲁迅走到他们面前。

众人　（愣然地相互对望）啊？这……

鲁迅　（一脸坏笑地）你们想看戏？偏不给你们看！

【 鲁迅甩着假辫子走到朱安轿前，掀开轿帘，搀扶顶着红盖头的朱安出轿。朱安走了两步，一只巨大的绣花鞋甩了出去。众哗然。

阿Q　诶？什么东西？

王胡　好大的绣花鞋……

小D　掉了一只！

胖士绅　好小的金莲哟！豫才贤侄口儿很正嘛！

瘦士绅　不是好兆头！婚事不吉利！

【 闰土沉默地吐了口痰。

【 众声嗡嗡。静场。鲁迅弯下腰来，给朱安穿上鞋子。

鲁迅　（心灰意冷地）船一样大的绣花鞋，粽子似的小脚。粽子寻摸着船，像是因为露馅儿而慌乱……

朱安　四周好静啊，真想钻进地缝里。知道他不喜欢小脚，可这鞋也未免大得太多……

鲁迅　（冷冷地）真是个体贴入微的好姑娘。四千年的贤德，发扬在这双脚上。遵照祖先的规矩，你裹了金莲，拒绝放脚。为了我的高兴，你穿上好大的绣花鞋，掩盖金莲。你真努力呀，想让所有人都满意。可是你的自己在哪儿呢，我的姑娘？

朱安　（绝望而痴魔地）要是在家先练练就好了。时刻穿着它，练习坐着不掉，走路也不掉，醒着不掉，睡了也不掉。只要鞋子不掉，兆头自然会好……老天爷在罚我！罚我不尽心，罚我太大意，罚我当初没听他捎来的话，学未来的婆婆把脚放大……我认罚，我认罚！

鲁迅　（在瘦士绅和胖士绅的导引下，一边与朱安一起做成亲的仪式，一边自嘲地对观众）世上还有比我更可笑的人么？

一面在异国他乡鼓吹着“绝义务，争自由”，一面跑回老家来，当孝子贤孙，娶旧式新娘。一面嚷嚷着“掊物质而张灵明，任个人而排众数”，一面戴着假辫，入乡随俗，鞠躬作揖，行礼如仪……不可笑么？你这个知行不一、出尔反尔的两面人？（仪式完，胖瘦士绅和轿夫下。痛苦无奈地看着朱安，自语）两面人啊，记住，你娶的不是新娘，是母亲的眼泪。眼泪是不能背叛的。为了母亲，你得把这出戏演完。新娘啊，你这四千年鬼魂的可怜祭品，你竟透不出一丝儿人的活气和光亮。你叫我怎么爱你呀？怎么爱你？（坐回椅子上）

【 灯光变换，朱安摆脱了新娘身份，恢复了刚出场时老妇人的神态。

朱安　（停顿）是呀，你不爱我。许多年了，你用冷脸提醒我：我活着的每个时辰，对你都是刑罚，都是过错，都不如不活……真是不如不活呀……可我也不能去死。不是怕对不住你，是我的心，没有力气去死。它是僵的、冷的，跳不动、也死不动的。我就跟自己说：既然这样，就当一只蜗牛吧，只要从墙底一点一点往上爬，总能爬到墙顶的。直到有一天……有那么一天……你带着广平到南方去，我才知道，我这只蜗牛，再也不用爬了……我再也……爬不动了……（停顿）大先生，你是什么都懂的，告诉我，是不是我命中注定什么都不是，连做个蜗牛都不配呢？是不是到了地狱里，都没我呆的地方呢？

鲁迅　（停顿。被不自知的冷酷震骇，看着自己的手，对观众）我恨地狱。（停顿）可我竟手造了一个最可怕的地狱却不知道。我一直以为自己仁义地搭了个狗窝，那只无人收留的小狗该为没饿肚子而感激我。想不到小狗对我说话了。小狗作出了最可怕的报复。小狗告诉我："主人，你并不是自己心中那个外冷内热的黑衣侠客，你不过是个瞎眼的、狠心的、建造地狱的泥瓦匠！我才是地狱底层那个苦得发不出声儿来的冤魂！瞧瞧我这人不人鬼不鬼的样子！瞧瞧你造的孽！我不能开口说话，因为我是言语无味的愚人。我不能渴望拥抱，因为我是无知无觉的木头。我不能和你有个孩子，因为我是旧世界的'产物'一个不该存在早该死去的'产物'我不是活生生只有一次生命的女人！一切只因为，你是个手握千秋之笔的大人物，而我，我是连字都不识、连说话都没人听的一颗历史的尘埃……你总说：希望人与人不隔膜，相关心。这就是你的'不隔膜，相关心'么？大先生？你的'关心'是先要剔除那些不配的人的，对么？大先生？"她孤零零地站在那儿，问我，就像问一个不忍定罪的罪人。（停顿，极痛苦而不得解地对朱安）可我又能怎样对你呢？安？——像所有的新式人物那样，因为不爱而离婚，听凭你黯然回乡死在亲族的白眼中？像所有不得已的夫妻那样，隐瞒起厌倦强装出笑脸，白天心烦夜晚同眠？像所有的孝子那样，为了减轻母亲的歉疚，假装对她安排的妻子感到满意？像所有的圣徒那样，把对弱者的怜悯，乔装成对一个女人的爱？不，不，不，这么狠心的杀手，这么累人的假面，我做不出……我做不出……我的眼前昏黑一片，没有一条路通往对的地方……（沉重的心跳声，灯光变换）即便没有对的路，也要走。不能老是坐在椅子里。（又陷入跟椅子作战的状态）就算长在我肉里，我也要挣脱你，烧掉你……哪怕烧掉……我自己！

【 静场片刻。

男人的声音　豫才兄，别着急。

【 胡适手推一只带轮的大铁笼上。

鲁迅　适之？

【周作人自另一侧，烫手似的持一捆长长的血色的绳子跑上。

周作人　（把血绳塞到鲁迅手里）大哥，你的绳子，快收好。

【朱安转身，成羽太信子的表情，撑开一把极美的纸伞站在周作人身边。

羽太信子　（对鲁迅）大哥，一起走吧。

鲁迅　作人？信子？（对他们仨）你们去哪儿？

胡适　（向天幕方向一指）那儿呀。

周作人　大哥，你忘了么？我们说好了一起去的呀。

鲁迅　（似乎想起）很久不在一起，竟忘了。好罢，走！

【灯光变幻。四人在赶路。喧哗声，众人上。扮演胖子的演员此刻扮成“滚骨环的人”，手持铁钩，铁钩的抓手是一个小骷髅头，滚一个骨质的圆环在前面或走或跑，这圆环由人骨制成。扮演瘦子的演员身披黄袍走到椅子前，坐下（角色名“穿黄袍的人”）。前场的轿夫现在成为“抬椅子的人”，抬着“穿黄袍的人”跟着“滚骨环的人”行进。他们的后面又跟了两个斜挎佩刀杀气腾腾的武装侍卫。

滚骨环的人　轱辘轱辘转！轱辘轱辘转！（把骨环滚到羽太信子面前）哎，让一下让一下。

羽太信子　啊！吓死人！（闪身，周作人护之，接过纸伞，紧握随时会脱手的纸伞把）

【　轿夫抬着穿黄袍的人，跟着滚骨环的人，从四人中间穿过。侍卫随之。

滚骨环的人　轱辘轱辘转！轱辘轱辘转！（把骨环滚过去又从羽太信子身边滚回来）哎哎哎，让一下让一下。（骨环从铁钩脱离，他站住，回身对穿黄袍的人）启禀主子，这环儿不好使了，得换一个。

穿黄袍的人　换吧。

滚骨环的人　（对闰土）你，出来。

【　抬椅子的人停步，闰土放下椅子腿，站出来。

滚骨环的人　真听话，这就对了。（指木柱）往那儿站。

【　闰土站木柱下，滚骨环的人抽出佩刀。

滚骨环的人　（对观众，愉快而专业地）轱辘轱辘转！轱辘轱辘转！一个不能停止的游戏。（拿刀比划闰土的身体，干练而精确的医生样，欢快滑稽里有一种麻木的残忍）游戏的原材料是皮肤之下这些洁白的骨骼。骨骼的主要成分是钙，需经高温高压，方能制成圆环。（拿铁杆示意）圆环在这根铁杆的推动下，穿过时间。如何判断时间的存在？——轱辘轱辘转！轱辘轱辘转！时间不能停留，因此原材料不能没有。（欲划开闰土的身体，取骨头）

鲁迅、胡适、周作人、羽太信子　住手！

穿黄袍的人　什么声音？

滚骨环的人　很陌生。

胡适　（推铁笼跑到二人面前）你们两位的暴虐行为，超出了人类文明的许可范围！

【 穿黄袍的人和滚骨环的人面面相觑，很费解。

周作人　（将伞向所有人意味深长地晃了一圈）看看这风中的莲花、碧蓝的池水，看看这世界的美！作恶的，快停手吧！劳苦的，快抬头吧！

【 众人面面相觑，很费解。

鲁迅　（对抬椅子的人）你们，离开椅子，到这儿来！（向闰土处示意，那三人迟疑地靠近，鲁迅用血绳迅速地将他们拢在一起，拿刀划手指，将血淋在绳子上）弟兄们，所有孤苦、受冻的人，都来吧！住在我的血划定的王国里，愿你们都能感到暖和，安慰……

【 两侍卫按刀趋前。

胡适　（打开铁笼门，对穿黄袍的人和滚骨环的人）暴虐不是你们天生的性格，是不受约束的权力使你们作恶！

【 二人面面相觑，很费解。

胡适　只要肯进这个笼子，你们的罪恶就一笔勾销。

【 二人看着胡适，很费解。

胡适　不知道怎么进？喏，这儿有门，（示范，钻进去，坐在里面的座位上）里头很宽敞，只要你们肯住，就会获得人道的待遇和尊严。（对观众）不受限制的权力是吃人的野兽，必须被关进法律的笼子里。智识阶级的责任，就是充当驯兽师。

滚骨环的人 （对胡适）还是你关进笼子比较好，姆们来当驯兽师。

【 侍卫关上笼门，把胡适囚在里面，停在舞台一侧。

胡适 放我出去！放我出去！你们这样执迷不悟，为所欲为，最后毁灭的是你们自己！

【 侍卫隔开鲁迅与胡适；抽出佩刀，胡适噤声。滚骨环者持刀走向鲁迅。

鲁迅 作人，接着！（把血绳的另一端扔给周作人）隔开他们！

周作人 好的，大哥！（咬牙忍受着滚烫的绳子）

【 鲁迅和周作人各拉血绳一端，把抬椅子的人和羽太信子，与其他人隔开。

滚骨环的人 胆大！大胆！（试图拿刀割断血绳，但手一碰血绳即赶紧放开）啥玩意儿这么烫！

鲁迅 一种你们不会了解、也不相信的东西！跟你们完全相反的东西！（拿刀再划手指，将血淋在绳子上）

【 滚骨环的人带着两侍卫靠拢来，要对血绳再次发起攻击。鲁迅转了一百八十度，跑向周作人，把血绳收成一圈，将抬椅子的人和羽太信子、周作人、自己裹在一起。

羽太信子　哎呀大哥！不要勒得这么紧呀！（周作人的伞把欲脱手）作人，我们的伞！

周作人　放心，信子，我绝不会丢了它的。（撑伞，仰头欣赏伞上的画）一朵风中的莲花，一汪碧蓝的池水，这是我自己的园地。不管丢了什么，我也不要丢了这园地……

鲁迅　我也曾做过一把差不多的伞，为了赶路的缘故丢掉了……适之呢？适之哪儿去了？

【 在另一光区，侍卫刀刃向上，时不时捉弄人地往笼子里乱捅，胡适只好蹦跳躲避刀刃。

穿黄袍的人　（坐在椅子上对胡适跺脚哭叫）环儿也没得玩儿！椅子也没人抬！都怪你们这些乱党！

胡适　（跳着躲刀刃）我们不是乱党。我们更希望一个好秩序。

穿黄袍的人　（跺脚哭叫）一个没人给我抬椅子的秩序？

胡适　（跳着躲刀刃）是的。

穿黄袍的人　（暴跳如雷）混账娘希匹！（蹦起来又浑身无力地

跌落地上）哎哟！（侍卫扶他坐上椅子）赏你！（扔给侍卫几块银元，侍卫伏地捡起。）

胡适　（跳着躲刀刃）您瞧，您从不活动筋骨，您以为坐别人头上才尊贵，其实呢，对您自己的身体最不好！

穿黄袍的人　（跺脚哭叫）我坐习惯了！谁不让我坐他头上，谁就是让我死！

胡适　（跳着躲刀刃）我真不想让您死，其实……

穿黄袍的人　（跺脚哭叫）谁想让我死，我就让谁死！

胡适　其实您不妨先让人搀扶着走路，当然，最要紧的是取消滚骨环的游戏，这个游戏太残忍，对您名声不好……（侍卫加快了利刃的节奏，胡适跳得气喘吁吁）

穿黄袍的人　名声？（跺脚哭叫）谁坏我名声，我就让谁死！

胡适　（跳着躲刀刃）慢慢的，您一定能学会自己走路。这样，抬椅子的人自由了，您自己的身体也强壮了，大家伙儿各干各的，各有所爱，多好啊！

穿黄袍的人　（跺脚哭叫）各有所爱怎么行？谁不爱我，我就让谁死！

【 胡适疲惫地倒地。

穿黄袍的人　来人哪！快抬我！快抬我走哇！

滚骨环的人　我马上找人抬您!

【　滚骨环的人奔向另一光区。鲁迅和周作人一起，领着绳圈内的人艰难地赶路。

闰土　（倒地不起）老爷，我是注定要死的，您先走吧!

鲁迅　别再叫我老爷……我们一起走!（一手扶起闰土，一手费劲地攥着血绳）

阿Q　（衰弱地跌地不起）老爷，我没力气了……

鲁迅　作人，快帮帮他!

周作人　（一手握伞，一手吃力地拉着血绳）大哥，我腾不出手来。

【　滚骨环的人作势欲割血绳。众惊慌。

鲁迅　把绳子给我!（从周作人手里接过血绳另一端，暂放开闰土，划破手指，把血洒在绳上，又扶起闰土）

滚骨环的人　（感到炙烤得难受，退避）见鬼!怎么还不凉!

周作人　大哥，你流了这么多血，叫我们怎么感激呢?

鲁迅　不要感激，扶着他就好。

周作人　（在绳圈中，一手撑伞，一手拉阿Q）这位先生，跟我走吧。

王胡　（渴得奄奄一息）老爷，我口渴……（看到周作人伞上的水）

给我口水喝吧，您有一池子呢。（欲夺伞）

周作人　（护伞，冷冷地躲开）朋友，谢谢你高看它，可惜它是中看不中用的。

小D　不中用，你老举着它干嘛？还不劈了当柴烧……（欲夺伞）

周作人　（躲开小D，边扶着阿Q、撑着伞吃力地行走，边对观众）世间最悲哀的事，莫过于当你想去爱时，发现这种爱会吞噬自己。别人的苦难要求你放弃这把伞，这把你用全部的智慧和美做出来的伞。（把伞交到小D手中）因为在苦难面前，它像是一种冷漠和特权。（小D欲撕之，赶紧夺回伞）可假如你放弃它，你的生命就失去了目的，一个只属于你的、独一无二的目的。你就成了一个违背本心、毫无乐趣的动物。你不再能滋养这个世界。因为你不敢再接受这世界的滋养。实际上，你就成了一个自杀者。如果你完全彻底地爱他们，你就等于完全彻底地自杀。因为你的强壮、卓越和美丽，在你道德的眼睛看来，无不是由于你有意无意地吸了他们的血，就像所有的绿洲都曾有意无意地剥夺过沙漠——对此你无法安然。活着，就是原罪。自杀，才能赎罪。自杀者想用自己的血，把所有的沙漠变成沃土。（停顿，对鲁迅）但这是可能的么？大哥？如果绿洲把水统统还给沙漠，沙漠还有没有绿色？如果人的智慧不再用来创造更高级的智慧，而全部用去帮弱者挑水、劈柴、做饭，人还能不能进化得更好？我们把头脑放在什么地方呢？大哥？你的血要流到什么时候呢？大哥？

鲁迅 （搀着闰土，攥着血绳，艰难地走着）流到流不出的时候，作人。这是没法选择、也没法计算的事。（对闰土）兄弟，你还记得我吗？小时候，你戴着银项圈，由你父亲领着到我家帮忙。我只会背些没意思的“子曰诗云”，你却告诉我许多神奇的事：海边的贝壳红红绿绿，沙滩上的跳鱼生着两只脚，偷吃西瓜的猹，性子像皮毛一样滑，你用胡叉叉它，它却箭似的向你胯下钻去……我羡慕你的世界。我把你当成另一个自己。我们成了好兄弟。我祈祷我们一辈子都不分离。可是不到一个月，你就被父亲带回乡下去。分手时我们大哭。我发誓一辈子都要记得你。因为只要记得你，我就能记起所有的奇迹。但我们再没有见面。直到如今，我们相遇。如今你皱纹满面，衣不蔽体，就像另一个世界的我自己。我看见你悲伤的眼中跳着热情的火我等你叫出我的小名儿，可转瞬之间，火光熄灭，你弯下身去，叫我“老爷”。是谁剥夺了你？是什么隔开了原来的兄弟？是谁让你这样悲伤这样冷？是谁让你这样悲伤这样冷而我却衣冠楚楚地站在一边怀念从前的奇迹？我不知怎样安慰你的皱纹和眼泪。（划开血管，淋血于绳上）兄弟，我不知怎样安慰你的皱纹和眼泪，可我也许能稍稍减轻你的冷！我这样做不为别的，只为我自己心里好过些！

【 鲁迅继续割破自己的手臂，将血淋在血绳上。滚骨环的人带着两个侍卫持刀追击，欲割断血绳。

滚骨环的人 （冲撞血绳）我就不信我整不断你！

【 鲁迅收紧绳圈。众惊叫。

滚骨环的人 （继续冲撞）我冲！我冲！我冲折了你！

【 众拥挤，伞飘出圈外。

羽太信子 啊，我们的伞！

周作人 （欲出圈）我去取回来！

鲁迅 别去，作人！

【 周作人疑惑地看着鲁迅。

鲁迅　（把滚骨环的人挡在自己胸前）口子一开，他们会乘虚而入的！

周作人　我的伞怎么办？

鲁迅　放弃它！

周作人　放弃它？

鲁迅　是啊，我不是已经放弃了么？（试图把血绳的一端交给周作人）你正好可以腾出手来，跟我一起拽着它，（周作人鬼使神差地接过来）直到把他们饿死为止！（示意滚骨环的人和侍卫们）

周作人　他们，什么时候饿死呢？

鲁迅　所有人都到我们这儿来的时候！

周作人　都到这个绳索拧成的王国里？

鲁迅　即便是绳索，也是爱的绳索。

周作人　（摇头）即便是爱，也是绳索似的爱。大哥，奴隶才需要这样的爱，自由的人，不需要。

【　伞飘到滚骨环的人跟前。

滚骨环的人　（解开裤子，欲对着伞撒尿）嘿嘿，这尿盆儿真不错！

羽太信子　作人，我们的伞！

周作人　（把绳子一端交给鲁迅，拉着羽太信子冲出绳圈之外，向伞扑去）混蛋！我的伞不是给你撒尿用的！

鲁迅 （收紧绳圈）作人！你就这样走了么？只要他们在，你的伞总有一天会脏、会坏的！

周作人 大哥，管不了这么多了！我只要现在能撑着它就好！（爱惜地撑起伞）也许，这伞做得不是时候，做得太奢侈……可假如没有它，我们不是更可怜么？（惜别地）大哥，再见了，有一天你独自一人的时候，但愿你能想起它……

【伞神秘地飘起，来到胡适的笼子上空。灯光只打在鲁迅、胡适和周作人身上。

胡适 多美的伞哪，可惜太脆弱，随时会被折断。

鲁迅 （看着笼子）笼子也编得不错。可惜该被关进去的人，当了看守；该当看守的人，却被关了进去。

周作人 （看着血绳）再也没有比那根血绳更温暖、更贴心的东西了，可惜，它是绳索。

胡适 在一个错的时间，错的地点，我们分别做着一件对的事。

周作人 于是一切看起来都不对头了。

鲁迅 可就这么等着，就对头吗？（沉重的心跳声，灯光变换，闰土、阿Q、王胡、小D把鲁迅扶坐在椅子上，穿黄袍的人和滚骨环的人跟周作人和胡适一起下）即便没有对的路，也要走。不能老是坐在椅子里。（又陷入跟椅子作战的状态）就算你长在我肉里，我也要挣脱你……烧掉你……哪怕烧掉我自己！

【 音乐起，风声起。羽太信子的神态已变成许广平。那四个劳工披上粗布，扮作假山石。

许广平　干嘛这么严肃，先生？（把鲁迅从椅子上拉起来）

【 鲁迅看了她一眼，没答话。三个女生跑上。

女生甲　广平！问问周先生，他干嘛跑那么快？
女生乙　刚带我们登上午门，他就偷偷溜进公园里来了！
女生丙　难道女生是老虎吗？

【 许广平笑对她们招手，三女生闹着从另一侧下。许、鲁穿过山石，边走边说。

许广平　先生，现在开始考试，回答要快，慢了零分！
鲁迅　反了天啦！学生考先生！
许广平　第一题：女生是一种类似于老虎那样需要躲避的动物吗？

鲁迅　不是！

许广平　那女生是什么？

鲁迅　女生……是龙王，是雷公。

许广平　您是说……我们长得跟祂们似的？

鲁迅　为师岂是那么刻毒的人？我说的是降雨量。

许广平　降雨量？

鲁迅　女生嘛，动不动就迎风流泪呀，对月伤心呀，其中一位尤其过分：先生说话稍稍重了些，她就痛哭流涕，打雷下雨，由小雨，到中雨，由中雨，到大雨，大雨还不尽意，那就冰雹，直把先生砸得鼻青脸肿、晕头转向才肯罢休。

许广平　您尽夸张，哪有啊？（抬手欲对鲁迅打闹，鲁迅抬起手臂作抵挡状）

【女生甲上，看样子和女生乙和丙走散了。

女生甲　（轻声自语，寻寻觅觅地）这俩人哪去了……（蓦然撞见这一幕）广平，你手举那么高干嘛？

许广平　我？（假装看天）我看看有没有雨。

女生甲　周先生，您胳膊扭啦？

鲁迅　呃？我，我在接雨……

女生甲　（抬头望天）大晴天的，怎么就你俩头上有雨……（掩口而笑，下）

【 一片羞涩的沉默。

许广平　（咳了下）先生，请听第二题，这是一道选择题：上次我和同学到您府上，发现您的枕下有匕首一把，请从实说明其用途：A. 睡前把玩之用　B. 梦中习武之用　C. 心情颓唐时，刺向心脏之用

鲁迅　都错。

许广平　正确答案是？

鲁迅　防贼之用。

许广平　真这么简单？

鲁迅　为什么不？

许广平　我怎么听说……是答案 C？

鲁迅　……自裁？我何至于颓唐到那个地步。

许广平　因为……您心里有苦海罢……

鲁迅　苦海？……嘁，那是你们龙王雷公林黛玉的想法。

许广平　（噗嗤笑出来）亏您做得出，把林姑娘跟龙王雷公配一块。

鲁迅　还不都一样哭天抢地的。

许广平　好像您从来不哭似的。

鲁迅　我当然不哭了，为师这么冷酷的人，怎么会哭呢？

许广平　（笑喷）您……您冷酷？先生，张嘴！

鲁迅　干嘛？（老实地张开嘴巴）

许广平　（口腔大夫一样检视一番）"你的嘴里既然并无毒牙，何以偏要在额上帖起'蝮蛇'两个大字，引女生来打杀？"

鲁迅　哦？擅自篡改为师著作，痛打手心十下！伸出手来！看看为师有没有毒牙！

【许广平故作老实地伸出手心，鲁迅举起手，欲打状。女生乙和女生丙寻甲上。

女生乙　周先生，您这是……？

鲁迅　啊？我……我试试有没有风……（抖抖指尖）还好，没什么风……

许广平　嗯，刚刮一会儿，就停了。

女生丙　是吗？（对空中作揖）风啊，对不起，我们打扰您了。（对女生乙使个眼色）咱快走吧，这儿马上要刮龙卷风了！

【两女生下，一阵清脆的笑声。鲁许之间又是一阵羞窘的沉默。

鲁迅　密斯许，我们也……走吧？

许广平　考试还没完呢。

鲁迅　还有？

许广平　第三题：素闻先生好酒、酗酒，请问先生：嗜好何酒？酒量几何？

鲁迅　陈年花雕是常喝的。酒量嘛，没算过，一斤总有罢。问这干什么？

许广平　学生乞与先生比拼酒量，醉死方休，不知尊意如何？

鲁迅　别傻了，不同意。

许广平　为什么？

鲁迅　那个喝法，太伤身体。

许广平　明知伤身体，您何故总是酗酒？

鲁迅　我嘛，（顿了顿）我喜欢所有催人短命的东西……

许广平　您厌世。

鲁迅　有些。

许广平　您不怕死。

鲁迅　不怕。

许广平　您并不在乎这个世界没有您。

鲁迅　不在乎。

许广平　您也不在乎是不是有人，是不是有人……害怕一个没有您的世界。

【 鲁迅愣住。

许广平 当然您更不在乎，活在这个没有您的世界上，对她会是，多么难以忍受的酷刑。

鲁迅 我……

许广平 因为她是渺小的，她完全可以忽略不计。

鲁迅 不……

许广平 而假如，只要您活着，一直完完整整地活着，哪怕您只是远远地微笑，吸烟，讲课，写文章，哪怕您和她只是陌路，您和她没有一丁点儿的关系，她都会欢喜！她都会觉得活在世上是好的！因为这世上有您，有您的声音！太阳照在身上，道路曲曲弯弯，您从上面轻快地走过……一切多么完美，只因为您在那里……

【 二人走近，欲相拥。响起胖子和瘦子的声音。

瘦子的声音 鲁迅先生！

胖子的声音 周树人先生！

【 灯光变幻，瘦子变为“威严的中年人”，胖子变为“不笑的青年”，二人穿白大褂上。

威严的中年人　您怎么跑出来了?

不笑的青年　您太不注意身体了。

【 二人把鲁迅扶到椅子那坐下,许广平下。

威严的中年人　检查检查。(掀鲁迅的眼皮,看了片刻)眼球有轻微白翳,视力模糊,看不远。

不笑的青年　(捏几下鲁迅的腿)腿部肌肉萎缩,不适合集体行军。

威严的中年人　(压了压鲁迅的太阳穴)遗忘功能丧失,爱记仇。

不笑的青年　(用听诊器听心脏)心脏太大,血流太快,心跳太急,爱争吵。

鲁迅　即便这样,我也要走。不能老是坐在椅子里。(又陷入跟椅子作战的状态)就算你长在我肉里,我也要挣脱你……烧掉你……哪怕烧掉我自己!

【“威严的中年人”和“不笑的青年”用血绳绑缚鲁迅,他安静下来。二人席地而坐,开会。

威严的中年人　讨论一下治疗方案。物质决定意识。

不笑的青年　生产力决定生产关系。

威严的中年人　经济基础决定上层建筑。

不笑的青年　唯心主义害死人。

威严的中年人　治病救人，从肉体开始！（对不笑的青年）来，咱们一起给先生治病。（二人起身，把鲁迅从椅子上架起，把血绳收起，并脱掉了白大褂，露出列宁装。雄壮的进行曲声起，原来的假山石掀掉麻布，站起身，变作阿Q、王胡、小D、闰土等劳工模样的群众，列队走着正步，跟在二人身后。二人步伐一致正步前进，并试图教会鲁迅这种步伐。鲁迅试图挣脱，二人紧紧抓住他的胳臂，作爱护状，威严的中年人边走边说，进行曲声弱）鲁迅先生，集体行军是革命的第一步。听从口令是集体行军的第一步。您要学会听口令，一二一，一二一，喊一时迈左脚，喊二时迈右脚，对，很好，一二一，一二一，向左——转，齐步——走，一二一，一二一，哎，不对，不是右脚，是左脚，重来，喊一迈左脚……

鲁迅　你们这是去哪？

威严的中年人　去解救受苦人。

鲁迅　解救受苦人。不管怎样，这是我一直想做却没法做到的。

不笑的青年　是的，我就知道，您和我们同路。

鲁迅　嗯，同路，我要去看我的老熟人。（望向闰土）我时常想念他，只是他不知道……你们呢？你们要去看谁？

不笑的青年　（正步走）我不去看谁。我不记得任何一个具体的人。

任何一个具体的人都无法和我崇高的目标相比。这个崇高的目标就是革命，就是进步，就是解救劳苦大众。

威严的中年人　（正步走）要革命，就得有牺牲。

【进行曲继续响起，他们行进着。黑衣青年上，站在光圈里。

黑衣青年　（演讲状，众人围着他行进）自由是人类的第二生命，不自由，毋宁死！我们处在现在统治之下，竟无丝毫自由之可言！查禁书报，思想不能自由。检查新闻，言论不能自由。封闭学校，教育读书不能自由。一切群众组织，未经委派整理便遭封禁，集会结社不能自由。至于一切政治运动与劳苦群众争求改进自己生活的罢工抗租的行动，更遭绝对禁止。甚至任意拘捕，偶语弃市，身体生命，全无保障。不自由之痛苦，真达于极点！我们组织自由运动大同盟，坚决为自由而斗争。感受不自由痛苦的人们团结起来，团结到自由运动大同盟旗帜之下来共同奋斗！

鲁迅　多么真实的声音。

不笑的青年　是我们的人发出的。

鲁迅　它叫出了所有不自由者内心的愤怒。

威严的中年人　您支持了它，支持了自由运动大同盟，您被列为最主要的发起人。

鲁迅　因为这事，浙江党部呈请通缉"堕落文人鲁迅"，从此我多了个笔名——隋洛文，从此，我过着一种半地下的生活，随时可能被捕。

不笑的青年　同志们很高兴您支持他们发起的运动。同志们的心是和您在一起的。

鲁迅　都是为了大众的自由。

威严的中年人　（独白）大众的自由？不，大众不需要自由，大众需要幸福。让他们幸福的不是自由，而是面包。自由只是一面旗帜，它便于我们集结一支反抗的队伍。这队伍由世界上最无私的心灵构成，最适合作祭坛上的牺牲，最有说服力。自由不是本质，而是面具。（冠冕堂皇地）为了大众的幸福，在不同的条件下，我们要戴不同的面具。

【进行曲声中，威严的中年人脱掉列宁装，露出执政官装束，不笑的青年同样动作，露出行刑官装束。行刑官将黑衣青年反手绑在柱子上，提枪走远。执政官坐在椅上。进行曲停。

行刑官　大人，执行吗？

执政官　执行。

行刑官　（对黑衣青年）跪下。（青年不动不作声）跪下！（青年依然不作声不动）叫你跪下！（开枪，青年单膝跪地。行刑官手舞足蹈、兴高采烈地说唱）第一枪打在左腿上，你单膝跪地直哆嗦。（开枪）第二枪打在右腿上，你双膝跪地直咳嗽。（青年双膝跪地。开枪）第三枪打进裤裆里，（吃吃笑起来）叫你到阴间也没老婆！（开枪）第四枪打在肚子上，肠子肚子一箩筐！（开枪）第五枪打在心口上，叫你心里还起火！（以舞蹈姿势开枪）第六枪打在脖子上，叫你扛着脑袋作（读阴平）！（开枪）第七枪打在左眼上，叫你死死盯着我！（开枪）第八枪打在右眼上，叫你最后记着我！（开枪）第九枪打进嘴巴里，叫你到阴间再胡说！（开枪）第十枪打在脑门上，顶着个记号你没白活！（枪打毕，抛向空中，玩一个芭蕾式空中大劈叉，落地，接住手枪，在手中漂亮地旋一圈。站住不动。黑衣青年平躺在地上）

执政官　（走到黑衣青年尸体前，慈悲状）残忍！（对行刑官）你没必要这么残忍嘛，要了他的命还不够吗？我顶反对任何不人道的死刑！我顶讨厌我的椅子沾上太多的血！（给行刑官颁发勋章。对黑衣青年的尸体）“坚决为自由而斗争！”失去自由的到底是谁呢？跪倒在地、脑浆迸裂的是谁呢？是你！年轻人！你不过是众多冤魂里的一个。你们举着写满漂亮话的大旗，向我的椅子发起进攻，你们以为掀翻了我的椅子，自由就会到来。错了，天真的年轻人！椅子不会改变，改变的只有坐在椅子上的人和跪在椅子下的人。现在，你们依然跪在我的椅子下。这就是你们的失败。这就是我的胜利！胜利就是一不做，二不休，守住这把椅子，如同守住冤魂大海上的一座孤岛！孤岛不会沉没，因为源源不绝的尸骨会提升它的高度！只要我在这孤岛上坐着，就是你们的失败！就是我的胜利！你们这些糊涂虫，倒霉蛋，心地正直的炮灰，给人当枪使的君子！睡吧！好好歇着！假如真有灵魂，真有地狱，有朝一日我们在那里相会，我也有另一套说辞留给你们。我会对你们说：（谦卑地）恕罪！恕罪！别把账记在我头上！我也是迫不得已呀！我不是一个人，我有一帮兄弟，不，他们不是我的兄弟，他们简直是我的吸血鬼！就算我对你们做了不对的事情，也是他们逼的！我只是他们的傀儡！傀儡呀！真的！对傀儡你们要原谅！要和解！人都是有缺陷的！账都是算不清楚的！对此你们要包容！要宽恕！我的好人们，我的君子们！发扬博爱和宽容的美德，原谅我吧！赦免我吧！罪不在我！罪不在我呀！（一揖到地，直起身子，凝固不动）

【 眼盲而绝望的母亲拄着盲杖上，她向前摸索着，盲杖碰到了儿子的尸体，她蹲下来，摸着儿子的脸。

盲母　儿子！我的儿子？！真是你吗？！（摸到弹孔和鲜血）这黏糊糊的是什么？（手放到唇边，尝一口）这么甜，这么凉，怎么会是你呢？你从来都是热乎乎、咸滋滋的，从来都是！（恍惚地，恍然大悟）娘准是听错了。娘只听他们说：喂，老婆子，你儿子犯了不安分的罪，被打死了！娘就来了。也许他们不是对娘说的呢？也许他们是对别的老婆子说的呢？世上的老婆子千千万，世上的儿子也很多，我的儿子轮不上……对，我的儿子轮不上。那一准是别人的儿子……对，一准是别人的儿子。（站起身，觉得自己不太对）虽说是别人的儿子，死了也怪可惜。（迟疑而缓慢地离开，揣着渺茫的希望）可毕竟，这样的话，我的儿子就还活着……就还活着……（凝固不动）

鲁迅　（沉默片刻，痛苦狂怒得像是瘦了一圈）我诅咒所有屠杀者。我诅咒所有让母亲失去了儿子的屠杀者。我诅咒所有让母亲希望死去的是别人的儿子的屠杀者。我诅咒屠杀者无法成眠，让他们永远活在罪恶的白昼里。我诅咒屠杀者生命长久，让他们亲眼看着自己的子孙去住最不适于居住的不毛之地，去做最深矿洞的矿工，去操最下贱的生业！这不是一件事的结束，是一件事的开头！血债必须用同物偿还！拖欠得越久，越要付更大的利息！

【进行曲声又起。威严的中年人和不笑的青年套上列宁装，迈正步向鲁迅走来。

威严的中年人　（肃穆地）鲁迅先生，跟我们走吧，报仇去。

鲁迅　（因心碎而决绝）走，报仇去。（加入二人）

不笑的青年　（正步走）一二一，一二一，喊一时迈左脚，喊二时迈右脚，对，很好……

鲁迅　（别扭地）我会走路，不用教。

威严的中年人　鲁迅先生，我们的目的不是教您走路，而是教您一种仪式。在这种仪式中，微不足道的个体消融了彼此的边界，融汇到一个无边的、浩大的、亲密无间的、纯洁高尚的整体中。

鲁迅　（走）“微不足道的个体”？

威严的中年人　是的，微不足道的个体。

鲁迅　（正步走）它是指您，我，还是所有人？

威严的中年人　您，我，所有人，就其单个来说，都是微不足道的，千篇一律的，渺小无力的，等于零的。重要的是整体，是全人类，是全人类的未来，全人类的进步，全人类的幸福。全人类的未来进步和幸福。但首先，是劳苦大众。水深火热的劳苦大众。我们先要为解放他们而奋斗，而牺牲。

鲁迅　您说，每个个体等于零？

威严的中年人、不笑的青年　对！等于零！

鲁迅　（走）无数个零加起来还是等于零。（站住）这样的话，我们忙什么呢？

威严的中年人　鲁迅先生，您的数学是反动阶级的数学，它的原理是两千年前的奴隶主阶级制定的。我们新兴阶级要有新兴的数学——个体，等于零；无数个体的总和，等于无穷大！这就是我们的信念。我们的数学建立在信念之上。这种信念与体积相连。试想想，当你一个人被扔进广袤的沙漠，是不是等于乌有？但是我们亿万个人站在沙漠上，沙漠就不再是沙漠，而是人类！每一粒沙子都将被我们相互之间的连接所征服。这就是空间的魔术。空间将战胜时间。总有那么一天，地球上的每一个空间都将站立着我们的人，所有人挽在一起的手臂将统治整个世界！到那时，时间必将消失，永恒之国必将降临，一个尘世的天堂必将出现，末日的审判也会到来。一切的不公不义都要在这场审判中现出原形，接受惩罚！未来的新人会代表所有坟墓里的受害者，惩罚那些双手沾血的罪人，鞭笞加害者的尸骨！那将是一个血流成河的天国，善与恶分列在血河的两岸！

【 音乐声中，血红而怪异的灯光闪耀。革命青年们舞蹈着，分成两个阵营，围着椅子作争斗状。都撕扯鲁迅到自己这边。鲁迅挣脱而不得。蓦然间，众人都放开手，任他独自彷徨。

鲁迅　有时候，不知自己在干些什么。青年们告诉我：这是在革命。我以为革命就是反对杀人，他们告诉我：革命也得杀人。我以为革命就是革掉奴性，他们告诉我：服从上级最要紧。我以为革命就是扫除祖先的昏乱，他们告诉我：西洋思想更可恶。我以为革命就是让人自由，他们告诉我：自由还不是时候。我以为革命就是平等，他们告诉我：先把椅子抢下来再说……（苦笑）呵呵，原来革命不过是争夺一把旧椅子。去推的时候，好像这椅子很可恨，一夺到手，就又觉得是宝贝了。奴才做了主人，是决不肯废去“老爷”的称呼的，他的摆架子，恐怕比他的主人还十足，还可笑……

【 胡适上。

胡适　豫才兄，你也觉得不对头了？

鲁迅　即使不对头，我也不能回头了，适之先生。

胡适　怎么？

鲁迅　你能与屠夫同席，我不能。因为他的筷子上，还滴着青年的血。

胡适　您能与狼共舞，我也不能。因为人变成的狼，比狼更没有底线。

鲁迅　正是屠夫的凶暴，把人变成狼的。

胡适　狼若当了主宰，会比屠夫更凶暴。

鲁迅　我就受不了你这副帮闲腔。

胡适　我却受得了你的骂。

鲁迅　恕不领情。

胡适　但求心安。

鲁迅　狼若能吃掉屠夫，也算公平。以牙还牙，以血偿血，我愿助其一臂之力。

胡适　吃了屠夫之后，狼就会吃善人，吃诗人，吃富人，吃穷人，吃一切能吃之人，直到它被更凶残的动物所吃。好好的人间，生生化作草莽丛林。与其去帮狼，不如劝屠夫改邪归正，莫把活人逼成狼。

鲁迅　适之，你到底是天真还是懦弱呢？使屠夫放下屠刀的，从来不是规劝。

胡适　那是——？

鲁迅　是另一把刀。

胡适　你只说对了一半。应该是另一把高悬头顶、可以杀人、却不再落下的刀。

鲁迅　可到哪儿去找这只握刀的手呢？它得多有力气、多有理性啊。

胡适　目前没有。只能靠漫长时间的培养。

鲁迅　在屠杀的空档时间里培养？这么长的时间，又有多少人会死在屠夫的刀下。

胡适　需要耐心。虽然忍耐是痛苦的。豫才，用人的语言劝说他吧，千万别用狼的逻辑刺激他！我们的努力会有用的。

鲁迅　我没法跟屠夫说话。他呼出的空气里，飘着鲜血的味道。这让我恶心。

【音乐声中，军人持枪上场，对革命青年横加扫射。青年仆地。胡适震惊地倒退着下。低泣的音乐。忽然有巨大轰炸声，天幕出现日本军旗。继而讽喻性的音乐，广播声由强渐弱："一切不愿当亡国奴的同胞们！国民党和蓝衣社中一切有民族意识的热血青年们！当今我亡国灭种大祸迫在眉睫之时，我们再一次向全体同胞呼吁：无论各党派间在过去和现在有任何政见和利害的不同，无论各界同胞间有任何意见上或利益上的差异，无论各军队间过去和现在有任何敌对行动，大家都应当有‘兄弟阋墙外御其侮’的真诚觉悟，停止内战，集中一切人力、物力、财力、武力去为抗日救国的神圣事业而奋斗……”在这一过程中，倒地的青年慢慢起身，威严的中年人和不笑的青年与军人握手言欢。青年们也穿上军装。一个大团圆的场景，只有鲁迅孤零零站在一边。

威严的中年人　鲁迅先生，现在是联手抗日、救亡图存的时候，您和他们握个手吧！

不笑的青年　握个手吧！

鲁迅　（充耳不闻，梦游似的独白）楼下一个男人病得要死。隔壁的人家唱着留声机。对面在弄孩子。楼上有俩人狂笑，还有打牌声。船上的女人哭着她死去的母亲……人类的悲欢并不相通，我只觉得他们吵闹。

威严的中年人　鲁迅先生！您在错误的道路上越滑越远了！这样下去是不行的！您不合群。您自以为是。您不肯放弃自我。自我的感情。自我的头脑。您总是时时刻刻运用您的头脑。您的眼睛冷冷甄别着世界上的每样东西，包括革命和组织在内。这是不对的。对革命，对组织，您不能用这种态度。您应该信仰它。您应该放弃头脑，把自己整个交出去，交由组织支配，像我一样。（摘下帽子，把脑子——一只西红柿——掏出，摔在地下，踩了一脚）看，我们对自己的头脑，就是采取这样毫不留情的态度。（手舞足蹈）这样，您就会无比幸福！无比喜乐！完全没有负担！完全没有困惑！您不必肩负自由的重担，您只需听从最高命令的调遣！您不要以为这最高命令发自一个人，不，它发自历史的意志。那个人就是历史意志的化身。我们只是历史意志的工具。对，这才是问题的核心所在。您致命的错误是，您还把自己和别人当成人。有个性的人。您还没学会把人抽象出来，抽象成一个数字，一种功能，一个属性，一样工具。当您学会这些的时候，您就完成了进化。您将像您希望的那样，不再有眼泪。不再有爱。不再有怜悯和愤怒。您将如机器般精确，向历史设定的目标目不斜视地直线前进。您将毫不怜悯地踏着前进道路上的尸骨，把一切代价都视作必然。一旦什么都是必然的，您的任何行动都将不再有罪恶。因为您是历史意志的执行者。您走在通往未来的道路上。未来的子孙会站在终点为您鼓掌！您只有这样想，才能完成自己的进化。但是这需要统一，需要信仰，需要抛弃您的判断力。像您这样时刻动用自己的头脑是不行的，鲁迅先生！您必须放弃自我，统一到我们的步伐中来！

【 黑衣青年从他们前面默默走过。除了鲁迅，没人看见他。

鲁迅 （看着黑衣青年）放弃自我容易，放弃他们难。

威严的中年人、不笑的青年 谁们？

鲁迅 被杀害的青年们。当然啦，屠夫们现在说要抗日，你们就成了同志了，提起他们总不大好的。

威严的中年人 的确是不大好的，忘记他们吧。

不笑的青年 团结一致向前看，要奋斗，就得有牺牲。

鲁迅 （冷笑）牺牲……你们说起这俩字来多轻松——到底因为牺牲是“必然”的，还是因为牺牲的不是你们呢？许多个晚上，我也曾努力像你们一样，用“必然”二字安慰自己，可是没有用。死去的青年们总要争先恐后地挤在眼前。他们大睁着眼睛，微张着嘴巴，好像要对我说话，可是说不出。他们望着我，后退着，后退着，退回到冰冷的坟墓里，或者连坟墓也没有。（独白，对着虚空中的亡灵。灯光变幻，威严的中年人和不笑的青年及众人慢动作退到舞台深处）是的，你们连坟墓也没有。在一个深夜，在随便哪个荒郊，屠夫们派几个劳工挖个浅坑，那深度刚好没过你们的尸身。挖好了，他们就把你们横七竖八地扔进坑里，嘴里抱怨着：“死沉！”尸体太多，浅坑有点搁不下，挖出的土还不够盖住你们，不够盖住你们年轻、浮肿的脸，伤痕累累的身体，被铁镣磨出了血痂的脚腕……没关系，尸体之间还有缝儿，踩踩就磁实了。他们站在土上踩。他们听见你们骨头碎裂的声音。（骨头碎裂声）这声音有点怪异，有点讨嫌。他们停了停，听了听，犹豫了一下，又接着踩。坑总算是平了。他们舒了口气。他们完事了。他们领了工钱。他们回家了。现在，荒郊无人，只剩下你们。没人陪伴你们。孩子，没人陪伴你。我来了。让我看看你。

【 黑衣青年与鲁迅面对面。灯光变幻。

鲁迅　孩子。

黑衣青年　大先生。

鲁迅　当我听到你的死讯时，心里冒出个奇怪的念头。我忽然羡慕起基督徒来。他们相信灵魂不死。他们相信，彼此惦念的人虽然死生相隔，可终有天堂相会的一天。自然，他们也都相信自己没作多少孽，一定可以进天堂的。但是我们，我们没有这个福分。当子弹穿过你的胸膛，你就不存在了。任凭你怎么相信“人心是好的”，你也不再存在。你的母亲将不再能看见你。（追光打在青年的母亲——失明的老妇身上）你的住在乡下、双目失明的母亲，自然，她早就看不见你了。在她看不见的眼前，她骄傲地看着自己的儿子，认为他永远在上海做着翻译和校对。文章千古事。当村人跟她打了个招呼，她就想跟他们谈谈这个伟大的道理。她的儿子正为这个道理而奔忙，总有一天，他会带着一马车的荣光回到家乡。还有你的两个幼子和一个女儿，他们也不再能看见你，不再能从你的手里接到上海的糖果，如同接到天上的星星。还有你的太太，一个有点凶相、不能与你相通的女人，她将不再能和你发脾气，不再能骂你没用。她的双眼蓄满了无望的泪水，寻找那可以一哭的新坟，可是她找不到。她疯狂地揪着自己的头发，诅咒那些迟到而多余的柔情……还有我，这个你叫他“大先生”的人。你因为吞下我的文字而勇敢赴死，而我却言行不一地苟活于世……我是你真正的凶手！！！……我，我也将不再能看见你。我在过马路的时候，将不必再被你搀扶。我将不必再仓皇失措地走在你身边，担心高度近视的你因为照顾我而撞在电线杆上。不必了。都不必了。你的不能再造的青春，就这样暗暗地永远消失。不在天上，也不在地下。没有归宿，也没有报偿。这让我无法原谅……

黑衣青年　（沉默片刻）大先生。

鲁迅　孩子。

黑衣青年　不要难过。

鲁迅　嗯，不难过……我只需复仇。

黑衣青年　也不要复仇。

鲁迅　你也说不要复仇？

黑衣青年　你找不到像样的仇人。

鲁迅　我不管。我的眼前尸骨如山。我的心已烙上血字。那是我的账单。我得还。

黑衣青年　（冷冷地）忘掉账单吧，先生，我现在担心的是你。

【 灯光变幻，似进入另一场梦境，黑衣青年的身份也忽然转换。

鲁迅　担心我？

黑衣青年　（引他来到一个镜框前）瞧瞧，你现在锈成了什么样子！（在镜框另一侧，出现上锈的铁皮人）

鲁迅　你？你是谁？（举起手，照镜子，铁皮人随之）锈迹斑斑的铁皮手。（摸摸额头，铁皮人随之，发出锈铁相蹭的嚓嚓声）一张揉皱的铁皮脸。（凑近镜子，铁皮人随之）眼睛也蒙了锈，什么都看不见。（对镜蹒跚踱步，铁皮人随之，膝盖发出铁皮摩擦的声音）膝盖也锈得咯吱咯吱……（大骇）告诉我，你到底是谁？！

铁皮人　（疲惫而沙哑地）不要问这种问题。这对我们是没有好处的。我们只需走，到他们那去。（引鲁迅向舞台深处褴褛而苦难的群众走去）他们的苦痛该到头了。那些不会开口的，须教他们说话。那些被吃肉喝血的，须给他们招魂。欠了他们几千年的公平，须从我辈还清。走，还账去，去当他们的眼睛和脑，去当他们的手和脚，凡他们要我们做的，都好好做去。凡他们要我们放弃的，通通放弃。走，去帮他们，帮他们夺回本属于他们的东西。只要他们最后能好好的，将来我们穿上红马甲扫马路，又有什么可惜？这些代价是必须的……

【 在铁皮人的声音中，褴褛而沉默的群众在威严的中年人和不笑的青年带领下，步调一致地穿上不锈钢铠甲，戴上电的眼睛，狼的牙齿，石头的心脏，一切显出整齐划一、虎视眈眈的气势。

黑衣青年　站住，不要去！（二人站住）离开他们，走得越远越好！（二人不睬他，继续向人群走去）要是想变成一块石头，一块铁，你就去吧，鲁迅先生。（鲁迅站住，犹疑地看着他；铁皮人继续走向群众；他恶毒而讥讽地）去之前，榨干你身上所有的水分，鲁迅先生。忘掉爱，忘掉眼泪，忘掉你柔软的心脏，鲁迅先生。（穿着铠甲、戴着面具的群众做着整齐划一的动作，铁皮人也吃力地做着）拔光你院子里所有的蔷薇和枣树吧，鲁迅先生。种上玉米，种上高粱，种上稗子，最后什么也别种，鲁迅先生。关上你高得过分、远得没边儿的天空吧，鲁迅先生。遮上盖子，竖起栅栏，平均给每人三尺见方就够，鲁迅先生。和他们联手造个完美的蚂蚁窝吧，鲁迅先生。和所有工蚁一起，齐心协力去搬运面包渣吧！快去！别浪费你的力气，也别误闯蚁王的宫殿！去和亲爱的可怜的让你魂牵梦萦的工蚁们融为一体吧，鲁迅先生！不要犹豫！不要回头！向前进！向前进！鲁迅先生！

【 黑衣青年说话时，不锈钢群众缓慢地向前走来，站在他和鲁迅周围。铁皮人站在舞台深处不动。

鲁迅　（不锈钢人渐渐围拢他，把他和黑衣青年背靠背绑在柱子上。在这一过程中，他梦呓般地自言自语，似乎对这一情势浑然无觉）不管怎样，我不后悔曾和你们在一起。即便你们已变成坚硬的钢铁，即便你们已长出电的眼睛，狼的牙齿，石头的心脏，我也不后悔。即便你们再也认不出自己，即便你们已回到狼群之中，我也不后悔。因为我和你们的过去在一起。和你们的苦痛在一起。和你们刀刻般的皱纹在一起。和你们的眼泪在一起。我宁可背叛自己，也不要背叛你们的眼泪。捧住它们！不让它们掉进无声的土里！也不让它们再增加一滴！这是我毒蛇般的誓愿。这是我疯狂的秘密。（抬头望天）天上还有一星光亮。我不知是快要天明，还是快要天黑。我只知道，我的血管里还剩着一滴血。你们，还有谁的眼睛能流出一滴泪吗？还有谁的心能有一丝热气吗？还有谁的嘴里没长出狼牙吗？还有谁的嘴唇会干裂流血吗？来，过来！快拿刀划开我的胸口！划开！把你的嘴巴凑近它，快来吸干我最后一滴血！麻烦你，快来！我在给你留着最后一滴血！吸干它吧！快来！

【众人沉默，慢慢后退，收光。只剩一缕微光，照着木柱上的鲁迅和黑衣青年。

【胖子和瘦子以开场时的打扮上，胖子依然提着一个手提箱。灯渐亮。

胖子　（端详着鲁迅和黑衣青年，对瘦子）两条影子，够交差了。

瘦子　叠起来吧。

胖子　（对鲁迅）影子先生，对不住了，委屈您二位到箱子里呆会儿，啊？咱这就回（指着地下）上边儿了。

瘦子　放心，您的真身会得到最高荣耀的。我们需要您。

【 灯渐暗。

【 “天堂”的喧哗声。灯渐亮。天幕上垂着一幅巨大的钢铁质地的鲁迅像。鲁迅和黑衣青年背对背站在柱子旁，他们的外面罩了个玻璃房，因此他们看起来像是标本一样。音乐起，众魂灵在舞蹈。胖子和瘦子一左一右扶着铁皮人上，把他扶到座位上。静场。

瘦子 在这永恒的、光明的、公平的、正义的、无所不能的天堂，寄托了人类所有希望和梦想的天堂，我们迎来了最伟大的灵魂——

胖子 （示意铁皮人）鲁迅！

瘦子 他的斗争精神鼓舞我们拯救了人间，（指着头上）也战胜了伪天堂。他的理想就是我们的理想。众所周知，这理想在曾经的地狱——现在的天堂——实现了！为了表达对他最高的敬意，公民们，跳起来，唱起来，说起来，斗起来罢！

胖子 开始！

【 音乐起，众鬼扭摆，纷纷邀请铁皮人同舞。最初出场的阿Q、王胡、小D、闰土也现身地府，折磨前面出现过的周作人、胡适做出各种高难动作。音乐声中，鬼众对鲁迅像举行膜拜仪式。

老年许广平沉默而木然地参与这个盛大的仪式。

鲁迅 不……

黑衣青年 过瘾吗，鲁迅先生？

鲁迅 不，这不是我想要的……

黑衣青年 瞧，您怜悯的小人物都当家作主了，您痛恨的大人物都被专政了，读书人也都在忙着脱胎换骨了，您呼唤的一切都在天堂里实现了，您已成了他们的旗帜，他们的导师，他们的教主，这下您满意了吧？

【 周作人被打倒在地，暴毙。

鲁迅 （看着外面的血腥场面）不！

黑衣青年 您为什么不欢呼不庆贺不拥抱这伟大的、不再是地狱的天堂，反倒哭丧着脸呢？嗯？为什么？鲁迅先生，您不觉得自己帮了它好大的忙吗？

鲁迅 （呆了半晌，梦游般地独语）我走进一个走了样的天堂，闯进一个不该闯的噩梦，梦中人说，这儿有我好大一笔股份。（黑衣青年对鲁迅一揖到地）他对我拱手，恭喜我押对了宝。（黑衣青年递给他一个包裹）他抓住我的手，让我领走我的利息。（打开包裹）我查看我的利息。

（里面掉出几个西红柿）那是一颗颗圆润的大脑。（挨个拾起来，端详之）光滑，红色，没有褶皱。空空如也的大脑。绝对安全、绝对平静的大脑。模范的大脑。在这个天堂里，大脑必须都是这样的。（把西红柿扔向玻璃门外）拿去吧模范的大脑！拿去吧安全的大脑！拿去吧平静的大脑！拿去吧空空如也的大脑！拿去吧利息！拿去吧股份！都给你们！我只想回到我的坟墓里，盯住所有的罪孽。

【 灯光和音乐变幻。许广平下。铁皮人像一个冰箱一样，被小D和王胡用等高等宽的纸壳箱罩起来，推着送进玻璃房门口，打开纸箱，将其与鲁迅和黑衣青年关在一起，二人下。瘦子换上华丽衣裳，扮成“持鞭的男人”，阿Q换上褴褛衣裳，被胖子反绑双手、戴上脚镣和项圈，后背放上重物，口被塞住。持鞭的男人坐在椅上，示意阿Q做些高难度的舞蹈动作，不满意就鞭打。胖子换上督学的打扮，引一些学者专家端着茶杯上，在椅子周围席地而坐，状似要开研讨会。

督学　时代总是在变。天堂也不例外。先前我们消灭了阶级，是为了平等。现在我们重建阶级，是为了效率。平等和效率，一个都不能少——那是不可能的，关键是你怎么看。今天，承蒙（向持鞭的男人点头）主人先生的赞助，我们召开“天堂形势怎么看”研讨会，具体议题是……

【电子乐声起，鲁迅贴着玻璃板对督学竖起中指。王胡和小D把抱着娃娃的许广平送进了玻璃房。王胡和小D站在玻璃房外，向台侧招手，上来几位时尚青年。

持鞭的男人　（对阿Q）空中大劈叉！停留五秒钟！

【阿Q直起身欲劈叉，背上的重物掉下来。

持鞭的男人　（鞭打）笨蛋！谁让你直腰的？谁让你直腰的？

【时尚青年围着鲁迅的玻璃房观看。王胡、小D像魔术师对观众展示橱窗一样，手指玻璃房，鲁迅和许广平、布娃娃摆成和谐家庭造型。王胡、小D变魔术般变出一张巨大的双面书写的奖状，上书“文明家庭”，挂在玻璃房外。

督学　诚如我们眼前见到的情景所示，今天研讨会的议题是，这位……（指着阿Q）呃，身上装饰繁多、从事高体能运动的先生，如何在现有条件下，增进自身技能、做出更多奉献、实现公平正义？其可能、方式与途径为何？身为督学，在下提请各位先生发言时注意言论尺度。

持鞭的男人　倒立！不许掉东西！

【 阿Q欲倒立，背上的重物又掉下来。

持鞭的男人　（鞭打）混账！说了不准掉东西你还掉！说了不准掉东西你还掉！

【 阿Q发出呜呜的闷声。

持鞭的男人　（鞭打）你哭给谁听呢？哭给谁听呢？你难道居然胆敢竟会以为有谁能为你说话吗？

【 打得阿Q发出更大的闷声。

【 时尚青年鼓掌，因为他们看见玻璃房里鲁迅和打着纸伞的羽太信子接吻了。王胡和小D变出巨大的双面书写的奖状，上书“妇女之友”，挂在玻璃房外。

政治学家　哎呀吵死了吵死了，老百姓的素质就是低，有些人整天嚷嚷要民主要民主，这么低的素质能给他民主吗？

法学家　谁嚷嚷，就把谁的嘴巴缝上。这一条应该写进法律。

经济学家　民主不利于效率。试问，（指着阿Q）让他想怎样就怎样，一旦他提出解下项圈和脚镣，松掉绑绳，直起腰来，包儿谁来扛？皮革业、钢铁业和制绳业岂不要瘫痪？国民生产总值岂不直线下降？失业率岂不直线上升？整个天堂岂不乱了套？

【时尚青年又鼓掌，为了鲁迅在给鲁瑞洗脚。王胡和小D变出巨大的双面书写的奖状，上书“第一孝子”，挂在玻璃房外。

国学家　然也！古云：“天有十日，人有十等。下所以事上，上所以共神也。故王臣公，公臣大夫，大夫臣士，士臣皂，皂臣舆，舆臣隶，隶臣僚，僚臣仆，仆臣台。”多么完美的秩序！多么伟大的传统！老祖宗的遗产千万不能丢哇！

哲学家　为了赢得天堂的发展时间，我们不能不暂时推迟民主，牺牲自由。再照这样发展个三十年，（指着阿Q）等他的包儿里有钱了，公民们的生活条件改善了，再推行那些好听的玩意儿不迟。历史是螺旋上升的，公正总会实现的，现在是不必着急的。

【 时尚青年再次鼓掌，为了鲁迅跪下给蒙着盖头的朱安穿鞋。王胡和小D变出巨大的双面书写的奖状，上书“模范丈夫”，挂在玻璃房外。

诗人　呃，在下刚刚写了首诗，是歌颂主人和（示意阿Q）这位先生和谐相处、彼此相爱的，题目叫做《兄弟颂》，（等着众人要求他朗诵，无人应，他讪讪地）我给诸位朗诵几句哈：“啊，你这外表严厉而内心慈爱的兄长，你用鞭子教会弟弟成长。鞭子打在弟弟的身上，伤痕却落在了你的心上。弟弟，请不要艳羡哥哥的财富，只要你换个看问题的角度。哥哥，请不要为你的弟弟而痛哭，这世上谁不得走过艰难困苦……”

众学者　好诗！好诗！

持鞭的男人　（停止了鞭打，掏出钱袋和一个桂冠）好诗！我提名你为桂冠诗人！拿走你的奖金吧！

【 诗人起立，向持鞭男人弯下身子，接受桂冠，接过钱袋，鞠躬。众鼓掌，欢呼。时尚青年们也欢呼，因为他们看见鲁迅似乎从催眠状态中醒来，而女演员依旧在被催眠中。鲁迅看见四个奖状，羞愤万状，欲撕而摸不到。

持鞭的男人　诸位老师都累了，请在此用顿便饭吧。阿Q，你儿子几岁了？（拿下他口中的塞物）

阿Q　三个月。

持鞭的男人　三个月，正嫩。你看，好伙计，我们都饿了，诸位老师也都没吃过清蒸婴儿，你……可不可以奉献点儿什么？这可是你获得自由的好机会哦！

阿Q　不……

持鞭的男人　（吃惊地）你敢说“不”？（对学者们）他敢说“不”！（众笑，抽他鞭子）你皮痒么？你还想活命么？你以为你在天堂里就不会死么？（阿Q不动，引诱地）难道，你不想转生人间，到一个好人家去么？

阿Q　转生？

持鞭的男人　是呀，转生，荣华富贵，作威作福。

阿Q　主人，我这就去把儿子抱来……

【　女演员被王胡、小D带下。鲁迅、黑衣青年和铁皮人推开玻璃房的大门，奔出。

鲁迅、黑衣青年、铁皮人　（对阿Q）站住！

【　众人愣住。三人把阿Q的绳索解开。

众学者　（七嘴八舌）哎，住手！

你们想干嘛？

你们要想清楚后果！

不要扰乱社会安定！

即便你们给他松绑，他还不见得乐意呢！

你们谁呀？领导是怎么教育的？

【众人围拢三人。

鲁迅　别问我们是谁，先想想你们是谁？（看着他们，认出他们就是前场出现的那些革命青年）真眼熟啊，同志们，你们看起来可真眼熟……

黑衣青年　蚂蚁窝里的奴隶工头儿。

铁皮人　（悲伤而沙哑地）断脊梁的癞皮狗……

【持鞭的男人一挥手，呼喝声中，又上来一批鬼众，将鲁迅、黑衣青年和铁皮人分别抓住。持鞭的男人示意鬼众把黑衣青年、铁皮人押下去。台上只剩下鲁迅、持鞭的男人和督学。

持鞭的男人　鲁迅先生，抱歉我们冷落了您，一度让您的影子占据着您的位子。想不到他也那么不听话。不过说真的，还是他那样更好些。

督学　您跑出来，只能添乱。

持鞭的男人　您以为您现身出来，对可怜虫们会有什么好处么？不，不仅没有，只能更糟。他们的头脑更昏乱了。而他们并没有活得更好些。因为您没有帮助他们的权力。我有。可我不想。（挑衅地看着鲁迅）凭什么让他们活得更好呢？“好”是一个恒量。整个宇宙的“好”只有那么一点点。他们的“好”多一点，我的“好”势必就少一点。他们爱自己多一点，爱我就会少一点。他们的酒杯满一点，我的酒杯就会空一点。这怎么可以？！对待恩人，对待重生父母、再世爹娘，他们是不能这样的！他们应该感恩于我！服从于我！要不是我像收留野狗一样收留了他们卑贱的灵魂，他们早就消散在人间的乱坟岗里了！他们该为自己一息尚存而知足！不能再得寸进尺了！不能再得陇望蜀了！不能再想入非非了！不能再恩将仇报了！难道不是吗？先生们？

督学　是！当然是！

持鞭的男人　嗯？鲁迅先生？您有什么异议吗？（不等他回答）没有，当然没有。识时务者为俊杰。何况，您也不是完美的。您是个始乱终弃、背信弃义的人——无论对您的太太，还是对待革命，您都先写下漂亮的承诺，最后又亲手撕毁它。您宣布要陪您太太做一世的牺牲、完结四千年的旧账，结果呢？读者感动的泪水还没擦干，您就娶了仰慕您的女学生，把太太丢给了老母亲。您说过要听革命者的将令、甘当梯子，结果呢？青年们刚刚鞠了躬还没直起身子，您就大要个人主义，公开和他们翻脸，让反动派看笑话。以您这样的履历，又有什么资格反对我呢？说穿了，您和我不过是一枚硬币的两面而已，咱谁也别嫌谁。

督学　您太抬举他了。

持鞭的男人　（制止他）怎么样，鲁迅先生？我说的在理吗？

鲁迅　这是对我的人生最简练的总结。

持鞭的男人　承蒙夸奖。只要我把这些料爆出来一点点，您在天堂的偶像地位就会瞬间垮掉。

鲁迅　不，不要这样……

督学　嘿，你也有害怕的时候？

持鞭的男人　（对督学）先生不是害怕，是勇于自省，哪像你一身俗骨？（转过脸来）既然如此，鲁迅先生，我们的关系还可以重新开始。

鲁迅　怎么开始呢？

【督学露出鄙夷的神情。

持鞭的男人　我们还可以成为更加亲密的朋友，只要您肯做一件事……

鲁迅　请讲。

持鞭的男人　非常容易的事。

督学　容易的我来就行了。

持鞭的男人　你？你说话，这儿的愤怒青年肯听么？

督学　那些死愤青儿，理他们。

持鞭的男人　（低声）他们都要把天堂的盖子掀翻了！（对鲁迅）先生，只要您对这儿的全体公民说一句：相信我，这就是天堂。一切就都 OK 了。

鲁迅　“相信我，这就是天堂。”

持鞭的男人　很好！

鲁迅　OK，这话没什么，我还可以说得更多。

持鞭的男人　真的？

鲁迅　真的。

督学　哼，不愧是鲁“迅”，卖身卖得比谁都迅速。

持鞭的男人　现在？

鲁迅　现在。

持鞭的男人　好极了！您需要知道的是：您在这儿说的每句话，天堂全体公民都看得到，听得见。如果您的言行无助于我们成为更好的朋友，您就走不出这座大门了，明白？

鲁迅 明白。

督学 哼，他才巴不得出风头呢！

持鞭的男人 那么您慢慢说罢，鲁迅先生，我们不打扰您。回见。

【 持鞭的男人、督学下。

鲁迅 （静默片刻，对观众）“相信我，这就是天堂。”无论谁对你说这句话，你都不要相信，哪怕是我。相反，由此你可以推论，你已来到了最糟糕的地狱。你失去了怀疑它的权利，因为它是天堂。你失去了反对它的权利，因为它是天堂。我确曾做过关于天堂的梦，梦里所有流泪的人都在那儿得到了安慰。为了这个梦，我曾许下天真的承诺，牺牲自由的自我，可我无法牺牲到底。因为自由的本能发作了。可我并不后悔。如果说有什么可悔的，那就是我不该相信，对自由的牺牲能带来自由的结果。我也不该相信，人可以不受约束，作自己的神。这种说法只能鼓励那些热爱椅子的家伙。他们打着向天堂进军的旗号，慢慢爬上权力的座椅，鲜血和眼泪不过是清洗他们马靴的东西。盯住他们！别被他们的漂亮话迷惑！盯住罪孽！在造孽者丢掉王冠、低下脑袋之前，不要原谅，也不要宽容！因为宽容是强者的权利，记忆和抗争才是

弱者的武器！损着别人的牙眼，却反对报复，主张宽容者，万勿和他接近！（大门落锁声）

（微笑）大门永远地关上了。现在只剩下我自己。只剩下我自己度过没完没了的时间。这真是崭新的体验。我的好奇超过了恐惧。我将在空虚的镜子前，好好端详自己。不，不是空虚的镜子。我的眼前分明还有你，你，你们。我会一直思念你，广平。我会感激并原谅你，母亲。我会对你感到抱歉，安。我会更深地爱你，二弟。我会一直挂念你，我曾同路的人。我会用千万个希望唤出你，未来的孩子！（灯光打在鬼众——青年们的头顶，一把纸伞在颤动）尽管世界在走向黑夜，可正因如此，你才必须用希望点亮自己！这世界没有别的氧气，别的燃料，只有你自己！当你支撑不住的时候，或许可以去找一缕微暗的火……那是我，那是我在提醒你：宁可把你的身体痛苦地燃尽，也不要把它拱手相送给吞没你的黑夜！你可以捧住别人的眼泪，但不可以为它牺牲自由！你可以掀翻罪恶的椅子，（吃力地跟椅子挣扎，终于掀翻椅子）但不可以寻找新的借口再爬上去！孩子！记住！记住我的话！

【 鲁迅点起火来，天幕现出一把燃烧的椅子，慢慢成灰。他站立不动。收光。

【 灯光变得柔和起来，是人间的氛围。时钟走针声。舞台上空缓慢地降下时钟，将指向5点25分。鲁迅躺在椅子上，停止了呼吸。许广平上，给他盖上洁白的被单，凝望着他。左翼青年打扮的胖子和瘦子走到舞台入口处，远远望着他，悄声交谈，许广平听不见。

胖子　他可真瘦。

瘦子　是啊，一把骨头。

【 舞台渐暗，一束追光打向时钟。5点25分。一种阴沉恐怖的声音伴随着时钟走针声由远及近。收光。

（完）

2010年11月—2011年2月18日第一稿

2011年11月—2012年2月16日第六稿

2012年11月28日定稿，发表于《天涯》杂志2013年第1期

2013年4月15日—6月3日第二次定稿

2015年3月20日第三次定稿

自白

我为什么这样写鲁迅？

我声称要写话剧《鲁迅》至少三四年了，一直干打雷不下雨。朋友们渐渐把它当作了一件可以原谅的事，安慰我说："没关系，鲁迅从死掉那天起就有人要写他，不是一直没人写出来吗？你不是唯一的倒霉蛋。"其实不是的。萧红在鲁迅先生逝世五年后就创作了默剧《民族魂鲁迅》，日本剧作家井上厦在20世纪90年代也写出了诙谐风趣的《上海月亮》。只能说，1949年之后的中国剧作家还没有足够幸运的时机和灵感，来自由地呈现这位天才而复杂的作家。2012年2月，我不敢相信摩挲了三年的话剧剧本《鲁迅》，真的在我手中完成了。

朋友们看完，有激动赞赏的，有不以为然的，更多的是有些惊讶："你为什么这样写他呢？"的确，我的《鲁迅》不是预期之中的历史剧，也没有示人以耳熟能详的"斗士和导师"面目，而是从鲁迅的临终时刻写起，用意识流结构贯穿起他生前逝后最痛苦、最困惑的心结——那是一个历史夹缝中备受煎熬的形象，我试图让他成为一面破碎的镜子，同时照照我们的历史和现在。他逝后的事怎么出现在意识里呢？是呀，这个技巧我想了很久，此处就卖个关子吧。

鲁迅先生的伴侣许广平有篇回忆文章《最后的一天》，作于1936年11月5日，落款注明“先生死后的二星期又四天”，里头写到一个细节：10月19日零时——那时距先生辞世只有五个多小时了——许先生给他揩手汗，“他就紧握我的手，而且好几次如此。陪在旁边，他就说：‘时候不早了，你也可以睡了。’我说：‘我不瞌睡。’为了使他满意，我就对面斜靠在床脚上。好几次，他抬起头来看我，我也照样看他。有时我还陪笑的告诉他病似乎轻松些了。但他不说什么又躺下了。也许这时他有什么预感吗？他没有说。我是没有想到问。后来连揩手汗时，他紧握我的手，我也没有勇气回握他了。我怕刺激他难过，我装做不知道。轻轻的放松他的手，给他盖好棉被。后来回想：我不知道，应不应该也紧握他的手，甚至紧紧的拥抱住他，在死神的手里把我的敬爱的人夺回来。如今是迟了！死神奏凯歌了。我那追不回来的后悔呀。”

这段话如同一个伤口，使我在构思过程中不时感到疼痛。这个人的勇毅和脆弱，炽烈和敏感，沉默和爆发，克制和缠绵……时刻对立共存在他矛盾的天性中，直到最后一息，仍彼此纠缠欲说还休。在那生死交界的时刻，爱人未能给他默契的回握和陪伴。

他孤单地踏上了无法回归的旅程。我不知许广平先生如何挨过那些心碎自责的日子。我只知，我的《鲁迅》必须从临终这一刻开始——它是一口沸腾的深井，吸引我跳进去。

跳进去之后，最要紧的是选择——让哪些场景进入主人公的意识中？意识流的好处是自由，坏处是容易飞散，飞散不好，观众就会打哈欠——这一点，戏剧着实和小说不同。彼得·布鲁克（Peter Brook）早就警告过："戏剧这种形式是多么脆弱而难以维系，因为这小小的生命火花得点燃舞台上的每一分每一秒。"对剧作者来说，点燃火花的实验室在其自心。在浩如烟海的鲁迅著作和相关回忆录中，我生平第一次以偷窥癖的嗅觉和冷血，搜寻他的痛苦、纠结、迷误和软肋，从中提炼我需要的火花。我要写的不是领袖敕封的"圣人"——所谓"伟大的思想家文学家革命家"和"空前的民族英雄"，也不是大众追捧的"凡人"——所谓最有人情味的"好儿子好丈夫好父亲好师长"。不。我要写的是一个复杂而本真的心灵。他的伟大和限度，创痛和呼告，我不想辜负。

鲁迅的平生，有三大伤心——早年不幸的婚姻，中年兄弟失和，晚年与全心扶助的左翼力量闹得不愉快。他的身后，则留下了一个谜团，这谜团他若地下有知，一定更其痛苦——他虽一生致力于反抗专制强权、帮助弱者追求自由，若干年后却被弱者拥戴出来的最高领袖把他当作自己囚禁自由的盟友。《鲁迅全集》是"文革"时期唯一公开出版的伟人全集（连革命导师们都只能出选集），一个通过注释和各种回忆录而改造包装出来的横眉冷对、痛打落水狗的“棍子”形象，使伤痕累累的人们唯一想要对他做的，就是厌倦和逃离。时至今日，关于“为何鲁迅能被权力利用”的问题，在中国学术界依然争论不休。

我决定以我的方式，在剧作中触及这一切。并非因为这些事件是鲁迅人生中最有争议、最赚眼球的内容，而是因为，它们最能显现他贯穿一生的精神逻辑。这个逻辑，既是鲁迅精神复杂性的成因，也是作为戏剧主人公的他，精神戏剧性之核心所在。这个逻辑是什么呢?

说来话长，归结起来便是“爱与自由的悖论”。这里的“爱”，不是爱情，而是牺牲之爱，舍我之爱，类似十字架上的耶稣之爱。不同的是：耶稣为彼岸的天国而牺牲，鲁迅为地上的天国而舍我——他太爱那些无依的灵魂，放不下弱者的眼泪，他希望自己加入的战斗能给他们现世的超度和安慰。因此，“眼泪”是这部剧作的核心词。但先生的经验和理性尚未认识到：凡以“地上天国”之名建造的，莫不是人间地狱；在这过程中，崇高的牺牲者托举起来的不是众生的自由，而是“人神”的僭越。但他自由的天性却已预感到这种危险，因此他最终的选择是：左右开弓的独自“横站”。

从私人生活到公共生活，鲁迅一生都往来奔突于律令般的“爱”和天性的“自由”之间，以自我牺牲始，以逃离桎梏终——直到生命的尽头。这个孤独伟大的悲剧人物，他的悲剧性永远属于现在进行时，其烈度不因时代变迁而稍减。望着他寂寥的背影，我感到如果再不走近他，就永远走不近他了。对他的负心已久，我只想以我的《鲁迅》，稍稍减轻自己的亏欠。

2013 年 1 月

鲁迅，戏剧创作的“百慕大三角”

自2009年初我接受导演的约稿，到2012年2月完成，话剧剧本《鲁迅》经历了三年多的孕育期。2013年1月，《天涯》杂志打破从不刊发剧作的惯例，将其全文发表，此事在文本阶段才告结束。

有人问：你为什么花这么长时间写一部不到三万字的《鲁迅》呢？想了下，时间长当然是因为自己思致愚钝、准备不足，而这么长时间却没放弃，则是为了对鲁迅的爱与好奇，为了他与今日之“我”的相通——他当年反对的事物，至今依然是我们获得幸福的最大障碍——这样一个灵魂，用三年时间寻找一个呼应他的方式，在我是值得的。还有一个不想放弃的原因，便是它的难度。早有前辈警告过：“鲁迅题材可是个百慕大三角啊，搞创作的没有不在他这儿翻船的，你要小心！”果真如此吗？那更要一试。在我的“船”出发之前，翻检了一下先行者的航线，不由得倒抽一口冷气：果然是表面风光无限，海底暗礁重重！

电影演员赵丹1980年临终时发表过一篇文章《管得太具体，文艺没希望》，里面有一段牢骚："像拍摄《鲁迅》这样的影片吧，我从1960年试镜头以来，胡髭留了又剃，剃了又留，历时20年了，像咱们这样大的国家，三五部风格不同、取材时代和角度不同的《鲁迅》也该拍得出来，如今，竟然连'楼梯响'也微弱了。"其实，他的付出可不只是"胡髭留了又剃"，自从周恩来1960年拍板决定做传记故事片《鲁迅传》上下集，他请缨出演并获准之后，就开始常年模仿鲁迅的生活习惯——比如抽烟抽到根，用小酒盅喝绍兴黄酒，用鲁迅爱用的那种"金不换"毛笔写字，家里的写字台上摆放着鲁迅当年使用的那种墨盒、八行红格纸、浆糊、竹条、瓦片之类，并学着像鲁迅那样亲手装订图书和画册、补裱残旧古书……疯魔若此，只为了形神兼备地饰演他挚爱的鲁迅先生。

也难怪赵丹如此投入，单看当时的主创阵容，就足以亮瞎所有的眼睛：陈白尘、叶以群、柯灵、杜宣等集体编剧，陈白尘执笔，于伶任历史顾问，陈鲤庭执导，赵丹饰鲁迅，于蓝饰许广平，孙道临饰瞿秋白，蓝马饰李大钊，于是之饰范爱农，石羽饰胡适，谢添饰阿Q……此外，还有沈雁冰、周建人、许广平、杨之华、巴金、周扬、夏衍、邵荃麟、阳翰笙、陈荒煤等组成的庞大顾问团。如此群星灿烂，《鲁迅传》自然万众瞩目，还没等剧本停妥，友好国家就来订购影片拷贝了。

但结果是：这部本来计划1961年献给建党40周年的电影，

最后没有拍成，只有层层审核、屡次修改的《鲁迅传》（上部）文学剧本留存于世（剧本修改后的第三稿发表于1961年《人民文学》第1—2期，又多次修改后，1963年3月上海文艺出版社出了单行本）——不但主人公鲁迅面目全非，艺术上也烙下“两结合”(革命的现实主义与革命的浪漫主义相结合)的印记，这是“政治挂帅”的必然结果。

正如学者李新宇在《1961：周扬与难产的电影<鲁迅传>》和学者谌旭彬在《电影〈鲁迅传〉流产始末》两篇文章中所揭示的：《鲁迅传》不是纯粹意义上的文艺作品，而是一个意识形态“形象工程”。在剧本创作开始前，周恩来即已定调：要塑造一个符合时代要求的鲁迅，要以毛主席在《新民主主义论》中对鲁迅的评价为纲。剧本为了突出党的领导和鲁迅的“高大形象”，只好虚构史实，遮蔽细节：比如第一次约鲁迅给《新青年》写稿的不是钱玄同，而成了李大钊；即使多次有鲁迅北平家中的场景，也坚决不让他的妻子朱安和他的二弟周作人出场，以免他们给伟人“抹黑”；鲁迅南下厦门不是为了爱情，而是因为听从李大钊“到南方看看革命形势”的号召；鉴于陈独秀的“历史错误”，他不能出现在影片中，但他的儿子陈延年是个没有污点的烈士，因此便被安排在广州引导鲁迅投身革命——尽管没有任何资料证明他和鲁迅见过面——他不失时机地掏出毛泽东《湖南农民运动考察报告》赠与先生，后者读完则表示灵魂深受震撼……

即使这样意识形态化的鲁迅形象，也不能获得领导人的一致通过。由于鲁迅晚年在上海与若干“左联”领导发生过公开的冲突，而这些人在新中国的文艺界又身居高位，那么如何在影片中叙述鲁迅和他们，就成了一个问题。（这一问题至今创作者也不能全无顾忌。）据学者李新宇推测，这是《鲁迅传》流产最重要的原因。但这也只是一个推测。一个浩大工程不了了之而无任何交代，是“人治”体制的一大特色。

1980年，旧梦不死的赵丹找到陈白尘，希望他修改当年的剧本，被陈先生拒绝，称“曾经沧海难为水”——他已没有力量抹掉涂在鲁迅先生脸上的金粉，恢复他的本来面目了。读到这份资料，我忍不住想：所谓“鲁迅被权力利用”，也只能做到有限的断章取义；鲁迅形象在彼时之不可呈现，已在在表明他与他的“利用者”之间，隔着无可跨越的天堑。

2005年，由刘志钊编剧、丁荫楠导演、濮存昕主演的电影《鲁迅》上演，这是第一部以鲁迅为主人公的影片。它以鲁迅的最后三年为素材，融合各种生活片段和作品意象，力求表现他“金刚怒目，菩萨低眉”的性格。

戏剧舞台则一直不乏改编自鲁迅小说的作品，如梅阡的《咸亨酒店》、林兆华的《故事新编》和李建军的《狂人日记》等。但以鲁迅为有机主人公的戏剧，新中国一直付诸阙如。反倒是1940年，曾有萧红创作的默剧《民族魂鲁迅》上演，该剧选择鲁迅少年、青年、中年、晚年的几个片段加以动作铺排，最后归于“伟大的民族魂”主题，体现了当时的时代色彩。到了21世纪初，导演张广天借鉴活报剧形式作话剧《鲁迅先生》，将先生的言行口号化，用以义愤填膺地批判美帝国主义对中国的戕害。

这个中国人耳熟能详、叙述最多的人物形象，为何却一直不能在银幕和舞台上被完整而真实地呈现？除了非常时期的历史原因之外，更重要的缘故是：无论电影还是戏剧，都面临一个难题——鲁迅精神世界的强烈和复杂，难以外化于他的人生经历中；以写实手法表现鲁迅，总有捉襟见肘、貌合神离之憾。

窥看了前人的探索和牺牲，我在创作话剧《鲁迅》时，便避实就虚地营造了一个恍惚迷离、生死交界的空间，以此呈现鲁迅先生波涛汹涌的内在世界。但是究竟呈现得怎么样，会不会同样葬身于百慕大三角，实难自知，一切交由读者、观众和时间去裁判罢。

2013年2月3日

一个戏剧菜鸟的“鲁迅”编造史

我从小就“立志创作”，可一直因为太在意而恐惧，因恐惧而一直只敢围观和搓手，于是“创作”只好一直处在“志”的阶段。这悲惨的结果，便是时断时续的文学批评，以及电脑里一堆夭折的小说和剧本——就像暗恋一个人，天天围着他转，可人老珠黄了也没敢说句“我爱你”。

2009 年初，林兆华导演忽然打电话给我：“想做个话剧鲁迅，你就给写了呗。”慢悠悠无所谓地，仿佛这事跟买大白菜一个性质。我立刻被催眠，打起了自己的小算盘：鲁迅这人，我既感兴趣又不甚了了，正好借此机会既圆了创作梦，又把他从里到外打探个透，岂不两全其美呢？况且一出手就跟大导合作，听着也体面呀。于是不打磕巴地答应了。凭这口头的君子之约，一头扎进鲁迅的汪洋大海里。

我给自己定的期限是一年：半年看书，半年写作。可越看书，越心虚，越觉得以前了解的鲁迅并不是鲁迅，越要看更多的书。《鲁迅全集》那是绝对不够的，虽然里头的书信已很有料了。《许广平文集》也必看，关于鲁迅的日常生活日常言谈日常情感得从这儿找啊。他的兄弟，挚友，学生，对头，同志，跟他有来往的女人，跟他感情很好后来又翻了脸的人，他的外国朋友……眼里的他是怎样的呢？这些人的回忆录也得看呀。鲁迅传记更是少不了的，朱正先生《一个人的呐喊》是长年的案头书，已被翻烂。这是他的血肉层面。他的精神层面呢？除了自己对他的理解，也得看看专家如何剖析他的哲学吧？除了国内专家，西方和日本专家的观点更得了解吧？那么评传、专著、论文集……也得啃哪。

超量阅读的大脑像晕头转向的雷达，觉得每个信息都有用，又不知怎么用。那股认真劲儿，跟《喜剧之王》里“死跑龙套的”尹天仇堪有一比。一位剧作家前辈说得好：“知道得越多，越没法写。”有经验的作家对待素材，会采取比较节制的态度：先了解个大概轮廓，然后确立主题，设计人物、情节和结构，再根据设计，有方向地补充素材。我不成。我胆小。总觉得历史人物的塑造，首先得“是”这个人，不敢说形神兼得，也得对他形神兼知吧，然后才能在“知”的基础上确立形式，展开想象，塑造出既独特又经得起推敲的主人公，同时，说出自己对时代想说的话。这就得忌肤浅，忌大路货，忌一叶障目的边见，先把该人吃透，再找缝儿“下自己的蛋”。怎么算“吃透”呢？当然没法把大先生的每个时辰都摸透啦，但对他的一生行迹、个性细节、情感逻辑和内在痛苦，起码得做到既贴心贴肺又冷眼旁观吧？

贴心贴肺用了一段时间——这时段读《死火》会哭，念《故乡》和《社戏》会哭，翻《写于深夜里》会哭，看他给曹白、萧军、山本初枝的信，更会哭……当然也笑，他的杂文和信，常常是很逗的，但我感到不如哭来劲，不哭不足以发泄我对这性感小老头痛到骨头里的爱恋。

冷眼旁观又用了一段时间——这时段专挑他毛病：对待朱安，他那是典型的家庭冷暴力吧？二弟周作人跟他决裂，除了“经济原因还是男女原因”的谜案无解，恐怕也因为受不了他的“道德强迫症”吧？选择向左转，认为可以牺牲知识分子及其贵族文化以成全底层人的正义，起码表明他的“个体意识”不彻底，受到了整体主义政治哲学的蛊惑吧？……

经过这一热一冷，干木耳一样薄脆的心智浸在材料的深水里，已发得又软又韧又大又亮，可以炒菜了，可以跟鲁迅专家小心翼翼地聊聊他了。可是一年半的时间也就过去了，自己的日程表只能无限推延了。在这期间，前鲁迅博物馆馆长王得后先生和孙郁先生都快被我烦死了，一摞摞的书被凭空抱走不算，还要不时承受我的电话骚扰之苦——解疑答惑之后，他们例行怜悯一番：还没写出来哪？啊，别急，鲁迅不好写，需要慢功夫，不过你……你这是在创作还是在研究啊？

问得我欲哭无泪。我是想创作啊，可我得在创作中学习创作不是？我一个连情节剧都没写过的人，怎么能上来就写一个反情节话剧啊？一位好莱坞大编剧说得好：对那些没尝试过《夏夜的微笑》就想写《沉默》和《假面》的编剧新手，我只能深表同情。此话击中了我的软肋。同理，一个没写过《朱莉小姐》的戏剧菜鸟，能一上来就写《一出梦的戏剧》么？我表示十分地没底气。

有人问了：干嘛非要写一个反情节的《鲁迅》呢？写一部小情节话剧不好吗？我的回答是：小情节话剧或能表现鲁迅人格个性的某些特质，或精神哲学的某个点，却无法说出我要说的那些话。

我要说些什么话呢？念头太多，像噗噜乱飞的蝴蝶。于是建了个文档，如一枚枚大头针钉住蝴蝶：

《鲁迅》需要观照的几个方面：

一、他的性格：

1. 真诚，沉毅，公正，自卑，同情弱小，爱打抱不平，拒绝虚与委蛇，因此有领袖欲（也许下意识地真有那么一些）和脾气坏的骂名。他爱青年如母鸡护小鸡，但非常在意受者的反应。他哀怜感恩者，提醒他们吸取自己对母亲的教训："不要太过感激。感激于你是有害的。"而一旦被辜负或被对方认为理所当然，他又十分受伤。

2. 爱众生，亦爱自由，而二者是矛盾的。为帮助大众，他加入左联并甘当梯子。为保有自由，他拒绝服从组织不合情理的编派，拒绝头衔，与他认为的荒谬公开论战。

3. 孩子气。增田涉回忆，鲁迅几次对他说：“我爱月亮和小孩，我讨厌说谎的人和煤烟。”他看自己肺部的 X 光照片时，脸上是孩子气的好奇神情。

4. 敏感，深情，幽默，自嘲。在北京，雪夜坐黄包车，车夫不小心滑倒，他从车上摔下，撞掉了门牙。他满口是血地边进家门边说：“世道真的变了，靠腿吃饭的，跌伤了腿，靠嘴吃饭的，撞坏了嘴。”弄得全家哭笑不得。在厦门大学教书时，他和许广平鱼雁传书两地相思，路上他看见猪吃相思树叶，遂与该猪决斗。别人问他何故如此，他笑答：“这话不方便告诉你。”

5. 报复心。他的学生和挚友接连被杀害，使他对自私的体面人和杀人的权力者的罪恶，无法忘怀，以笔复仇，因此他拒绝与他们结成抗日统一战线。同时他深知战斗和复仇对自己的伤害——“这使我的灵魂粗起来。”（李霁野回忆）

6. 意志力。临终，他忍着窒息之苦，给内山完造写字条，麻烦他代请须藤医生来自己家——让许广平把字条带过去，而不是叫她捎口信。

7. 永处在两难的道德困境中。“三一八”惨案后，他绝食数日痛不欲生——青年们因他的文章而生发勇气去请愿和斗争，惨死在枪弹之下，他自己却安然活在世上，他认为自己负有蛊惑的罪责。但他同时感到，如果沉默，任国人浑浑噩噩，也一样负罪。

8. 在他的私生活里，有某种前后不一的逻辑。理念上，他尊重女性及其独立性。但对他不爱的妻子朱安，几乎一直是冷脸不说话，并不在乎这会对她造成怎样的内伤。他曾决定“为她做一世的牺牲，还掉四千年的旧账”，许广平的到来打破了这个承诺。与许广平结婚后，许要出外独立工作，他不允，要她做助手。

二、他的思想：

1. 关于“胡适还是鲁迅”的争论。胡适说：你要想有益于社会，最好的法子莫如把你自己这块材料铸成器，方才可以希望有益于社会。真实的为我，便是最有益的为人……现在有人对你们说：“牺牲你们个人的自由，去求国家的自由！”我对你们说：“自由平等的国家不是一群奴才建造得起来的！”

鲁迅说：在自由之前，应当先求平等。人类最好是彼此不隔膜，相关心。

有关“个人本位”和“自由优先”，鲁迅的确没想透，这是他哲学的短板。但胡适与权力的关系暧昧不清，也不能实现他的自由主义理念。

不是他们二人有错，而是历史根本不给他们以“正确”的机会。在错的时间，错的地点，他们想做对的事而不得，只能退而求其次地做出权宜的选择，于是一切都像是不对似的。

2. “向左转”。出于对大众苦难的感同身受，早年信奉尼采超人哲学的鲁迅选择与左翼青年和弱者政党联合。这种“向左转”是发乎人道热肠，而非组织原则，因此当他感到“组织”的异化和逼迫时，不惜跟组织领导翻脸。

3. “代价论”思想。他认为，为了被压迫者的解放，毁灭知识分子及其文化是必要的代价——包括毁灭他自己，也是这心甘情愿的代价的一部分。但同时，他译的又多是苏联的“同路人”——那些毁灭于革命的知识分子——的作品。此中暗含他精神上的大矛盾。

4. 对国民劣根性和专制政治的批判。这一部分于今最有生命力和针对性，是本剧的精神核心。

5. 鬼气。他一直想创作一部有关人与鬼的剧本，结尾是一个人死的时候，看见鬼掉过头来，在这最后一刹那，他发现鬼的脸是很美丽的。（高长虹：《一点回忆》）

6. 人格主义、人道主义与马克思主义的矛盾，唯物主义与宗教式情感的矛盾。他有超人的能力和精神，同时怀着对弱者的忘我深情。极富人情味，极软的心肠，却痛感书生无力，呼唤革命的“血与剑”。理念上认同“为达革命目的，可以不择手段”，其实只是咬牙切齿地发狠而已，实际上他做不到。

7. 鲁迅“被权力利用”的问题。他的思想与利用他的权力之间，真有某些同构性吗？这涉及到他的哲学短板。此问可与问题 1 相互参照。

毛泽东赞他，是借他的感召力吸引知识分子靠拢自己的政党，争取文化领导权。“文革”时期，鲁迅被重塑为“活学活用毛主席著作的典范”，许广平也参与其中。其间有大悲剧。

三、与鲁迅关系密切的人物之命运：

1. 许广平。初为青年反抗者，后成鲁迅的助手和贤妻，鲁迅逝后是其遗产守护人。1949 年后，为了鲁迅不致遭到灭顶之灾，违心说“鲁迅是毛主席的小学生”。1968 年，鲁迅手稿被江青夺走，她惊吓焦虑至极，心脏病突发而死。

2. 朱安。一只无爱的爬不动的沉默蜗牛。

3. 周作人。本来兄弟怡怡，都是五四风云人物。因日本妻子羽太信子的缘故（真正原因已成谜，是否在戏里写出自己的猜测，再看），与鲁迅反目。自此彻底皈依个人主义。后在汪伪政府中任职，抗战胜利后以“汉奸罪”坐牢。1949 年后被剥夺选举权和著作署名权，译书，写关于鲁迅的回忆录，始终未改语言风格。1967 年被红卫兵打死。自嘲“寿则多辱”。

四、鲁迅与当下的相通之处：

1. 知识分子与权力的紧张关系。

2. 人道热肠与自由意志的矛盾。

思路捋完，发现一个令我绝望的难题：鲁迅的现实人生场景，根本无法承载他的精神戏剧性和复杂性。而一部戏如果不表现主人公复杂深刻的内在世界，只表现他表层的性格 / 人格，有啥意思呢？

求助于前辈巨匠，也没得到办法。已有的历史剧主人公个个富有行动戏剧性，看看莎士比亚的《亨利四世》，毕希纳的《丹东之死》，斯特林堡的《奥洛夫老师》，彼得·谢弗的《上帝的宠儿》（《莫扎特传》），主人公的思想与其戏剧性行动之间都有极强的因果关系。但鲁迅没有。鲁迅一生的大部分时间在书桌边上，仅有的那几次行动，比如中山大学校务会上反对因“清党”而压迫学生啦，参加杨杏佛葬礼不带家门钥匙以示赴死的决心啦，为了躲避追捕隐姓埋名住在某家小旅馆里给不知他是谁的工人代写家书啦，等等，只能表现他的某种德行，但他的《野草》式的精神世界怎样表现？上面列出的那些思想纠结怎样表现？无解。

只好找传记电影看。《三岛由纪夫传》和《卡夫卡》都是作家主人公，一定也感到了我的难题，它们的处理办法是：把作家的人生和他的一些小说场景融合在一起。我不能学这个——早在1941 年，萧红的默剧《民族魂鲁迅》已经这么做了。

不知怎么办，就先任由自己写一些片段。最初只会写那种写实的场景。比如鲁迅和儿子海婴在一起玩的场景，这是脱胎于他的一封信和许广平的回忆录：

【 四岁的海婴手上蘸了墨汁，拍在鲁迅的稿纸上，然后撕之。鲁迅怒，把报纸卷成空筒，轻打海婴。

鲁迅　臭弟弟，今天不打你是不行了！

周海婴　（惊吓多于疼痛）爸爸不打！爸爸不打！

鲁迅　（停手，板脸）下回还撕爸爸的稿纸么？

周海婴　爸爸，下回不敢了。

【 鲁迅放下纸筒，继续摆弄海婴的钢模型玩具。海婴什么都不做，气鼓鼓地沉默片刻。

周海婴　我做爸爸的时候，不要打儿子的。

鲁迅　如果儿子坏得很，你怎么办呢？

周海婴　好好地教他，买东西给他吃。

鲁迅　（被逗笑）弟弟，你的心肠倒是好极了！比你爸爸的好。

周海婴　那当然的。（悲愤地）这种爸爸，什么爸爸！

这样的片段有不少，但是不知派何用场，只当练习台词和熟悉鲁迅性格了。

有一天，看一本叫《黑色电影》的书，脑子里忽然闪出两个男人：一胖一瘦，身穿黑风衣，头戴黑礼帽，瘦子精明阴沉，胖子蠢得可爱。最初，我设计他们是跟踪鲁迅的两位“国保”，在他家对面租了房子监视他。鲁迅一家出去的时候，俩人就潜入他家看他写的手稿，还偷走他以前写的书，看完偷偷插回他的书架。慢慢地，二人发生了微妙的变化。可后来发现三谷幸喜的《笑的大学》已用了类似情节，只好作罢。

在另一天，瘦子和胖子的角色发生了变化：他们成了地府使者，要接鲁迅到自己的国度，帮他们摆平一些事。一个黄昏，我忽然想到，这两个角色也可以出现在鲁迅的梦境里，化身为他曾经的“左联”同志，该同志无姓名，符号化——瘦子叫“威严的中年人”，胖子叫“不笑的青年”，于是，我让他们和鲁迅发生了一场理论腔的对话：

鲁迅　您说，每个个体等于零？

威严的中年人、不笑的青年　对！等于零！

鲁迅　（走）无数个零加起来还是等于零。（站住）这样的话，我们忙什么呢？

威严的中年人　鲁迅先生，您的数学是反动阶级的数学，它的原理是两千年前的奴隶主阶级制定的。我们新兴阶级要有新兴的数学——个体，等于零；无数个体的总和，等于无穷大！这就是我们的信念。我们的数学建立在信念之上。这种信念与体积相连。试想想，当你一个人被扔进广袤的沙漠，是不是等于乌有？但是我们亿万个人站在沙漠上，沙漠就不再是沙漠，而是人类！每一粒沙子都将被我们相互之间的连接所征服。这就是空间的魔术。空间将战胜时间。总有那么一天，地球上的每一个空间都将站立着我们的人，所有人挽在一起的手臂将统治整个世界！到那时，时间必将消失，永恒之国必将降临，一个尘世的天堂必将出现，末日的审判也会到来。一切的不公不义都要在这场审判中现出原形，接受惩罚！未来的新人会代表所有坟墓里的受害者，惩罚那些双手沾血的罪人，鞭笞加害者的尸骨！那将是一个血流成河的天国，善与恶分列在血河的两岸！

这个段落让我感到：似乎找到了这部剧作的某种声音。但我还看不见全体，它也只能先存着。

由于没经验，我先后写了内容完全不同的两稿。这时不知“结构”为何物，形式看起来是写实剧、幻想剧和寓言剧的不得章法的大杂烩，间杂着如上段落，怎么看都是四不像。

第三稿又另起炉灶，想起心心念念的一个细节：鲁迅临终时，紧紧握着许广平的手，似乎有话对她说，但许广平怕太过热烈的回应惹他难过，就把手松开，走开了。没多会儿，鲁迅孤单长逝。我在《我为什么这样写鲁迅？》一文里讲过，真正的成稿，是从这个细节开始的。

这时我才感受到意识流的气息。戏剧时间确定在鲁迅的弥留之际，自称来自天堂的瘦子和胖子要来回收他的影子，带他走，但总是带不走。总有他最惦念的人与他相会。我列了内容清单：朱安，鲁瑞；周作人夫妇；许广平；“左联”同志，之后转入“天堂”。“天堂”里的事儿，观众比鲁迅更清楚，这个原因你懂的。

此时我的学习榜样非常集中：一个是斯特林堡的《一出梦的戏剧》，它教我如何结构一个“梦”；一个是海纳·米勒的《任务》，它教我如何突破具体时空的逻辑限制，将复杂的思想转化为富有张力的超时空戏剧动作。

梦剧结构能把不相干的内容组合在一起，摆脱了情节重力的强制，看起来像太空漂浮物一样自由自然。而这些表面不相干的内容，我用一个主题来统领，那就是“爱与自由的悖论”——从他的私人生活到公共生活，都是如此。这时，两年半过去了。

于是慢慢写。写到朱安来找鲁迅，把他勉强的笑脸撕下一层来，声称要带回到北平的家里，挂在墙上。二人正纠结，朱安一转身，变成鲁迅的母亲鲁瑞。这个转身，使我感到剧中所有女性角色都可用这种方式，由一个女演员承担，并由此推动戏剧的运转。心里明白：这一稿写完，就不必推翻啦。

写完，又进行了三次局部修补。2012 年 2 月，第六稿终于完成。就这样，三年时间，留下这近三万字。2013 年 1 月，《天涯》杂志发表了它。2013 年 3 月底，才华横溢的演员赵立新导演并主演了《鲁迅》的情景朗读。这使我发现不少问题，又重写了三分之一。至此，算是最终定了稿。如果一切顺利的话，赵立新演绎的鲁迅将会以《大先生》之名出现在舞台上。我想，电脑里因我的笨拙而阵亡的那些字——总得有十几万吧，或许可以瞑目了。

2014 年 8 月 7 日

写作的灵魂想象力

写来写去，觉得作家最重要的素质还是灵魂想象力。为何不叫“精神想象力”？因为“精神”是普泛的，“灵魂”是个体的。创作时，对笔下人物的想象，主脑不在如何想象他们的性格和故事，而是想象他们一个一个拥有怎样的灵魂。灵魂有了，性格和故事就都有了。

但是“灵魂”这东西，对中国人还是挺陌生的。我们从小到大、从古典到今典、从小说戏剧到电影电视剧，主要讲的都是“事”；人物或有性格和所思，可多脱离不开物质世界那点人际关系和利害盘算。不是不能写这些，而是多数作家想象力展开的根基，还是物质性和事务性的，缺少能激动深层意识的能量。《红楼梦》是个大异数，里面的灵魂图谱包罗万象，虽然人物关系网错综复杂，物质生活描写巨细靡遗，但它们是作为灵魂的衬景、肉体和象征物而存在的。

近日看了俄罗斯导演留比莫夫执导的话剧《群魔》，二十几个人物的台词几乎全摘自陀思妥耶夫斯基的同名原著，没读过小说的观众既一头雾水又被深深吸引。实际上，不必弄清谁是谁，只看只听人物们说什么做什么就足够了——那是一个个色彩斑斓的灵魂，超越时空，直接向我们挣扎呼喊。他们是“多”，也是“一”，都来自陀氏自己的心灵，诚如他的夫子自道：“我不能成为没有别人的自我。我应在他人身上找到自我，在我身上发现别人。”

从功利角度看，作品人物的复杂灵魂是永不贬值的流通货币。但铸造这种货币，却需要作者有一颗超越功利、关怀人类的灵魂。这种高调听起来很讨厌很陈腐，却是多年来阅读和写作的真实体会。

灵魂常以观念的形态存在，在作品中，需要赋予它们肉体和情感——抑或观念/灵魂本来就是肉体和情感的。陀思妥耶夫斯基说：“我能感觉到思想。”这是文学或戏剧创作最根本的方法论。我总以为，戏剧要表现的核心，不是“一片生活”，而是生活表象之下灵魂的饥渴和斗争。

说易行难，自己就费劲儿写了个话剧剧本《鲁迅》（上演时将名为《大先生》）。里面既有实有其人的历史人物，也有神神鬼鬼路人甲乙，无情节，意识流。很少触及鲁迅的具体经历，着重铺陈他与周围人物的灵魂纠葛——人道主义者、自由主义者、个人主义者和激进革命者之间，各有道理，各有绝境。这些“主义”在我不是纯观念，而是各种人格、激情和痛苦，各种灵魂。当然，因为太看重灵魂了，剧本给读者和导演演员出了不少难题。有人问我干嘛这么写，我用 2014 年出版的自己的一本批评集名字回答他——戏剧嘛，还不是《必须冒犯观众》的？当然啦，除了冒犯观众，还得冒犯剧作家、导演、演员等一切强势智识群体，这样，不同作家的写作，才能越来越强劲，越来越有趣。

爱的信誓

他的寂寞是如此之深，他的爱是如此之烈，他不惜并且已经无数次烧毁了他自己。

他的最深的自我，连《野草》也无法表达净尽。但即便是《野草》，我们也无法全部明了。

他的爱，就是用来辜负的。他的热，亦是用来承受冰冻的。他的生，就是为了把它磨蚀和消亡。他的死，亦是为了绝不占我们的心地。

他一生的行动，都是为了恪守他的爱的信誓。他的爱，就是为了把我们送入他无法抵达的福地。

他就是那“死火”。“我”就是他的受助者。他和他的受助者都将作解放他人的牺牲。而这牺牲的价值在于引那“大石车”坠入冰谷中。

他是从不吝惜自己的毁灭的。他相信代价论。这一代价论与别样代价论之不同在于：这笔为了伟大目标而必须支付的牺牲，在他那里支付者是他自己；在领袖那里，支付者则为他人。

在行动之先即已确认的牺牲，是为了通向一个他所不知其所在的希望的天堂。之所以如此，是因为他知道己身所处的乃是死地。如果别处也是死地呢？这是他犹豫再三的。但不能排除天堂的希望。为了这无法求证而只存于逻辑之中的希望，他愿“一掷身中的迟暮”。

他的从未动摇的牺牲的自觉，他的从未改变的爱的信誓，及为此信誓而付出的苛酷的努力和难言的错误，乃是他的最为悲壮动人之处。

为了他的信誓，他牺牲了自己强大的个性，去说那种销蚀和侵犯他个性的话语。在说出这些话的时候，他的内心一定始终跟自我进行着血腥的战争。

他终生都手持利刃。这利刃首先对准的不是身外的敌人，而是他自己那颗最柔软善感的心。他是中国有史以来自我意识最浩瀚和强烈的个人，但是正由于这浩瀚强烈的自我意识，他感同身受了他人痛苦的深渊。填平那深渊，是他从未明言的发愿。这愿力与地藏菩萨“地狱未空，誓不成佛”相等。正为此愿，他终生都与他的自我意识作着卓绝的抗战。

但地狱不可能空，因此他的自我战争显示着悲壮的徒劳。在徒劳之中，他的身躯与耶稣基督站在了一起。

该怎么谈你呢，先生？

先生，你虽然一生主张科学和进步，但你本质上是个感情用事的人。是感情决定了你一生的路向。如果你知道了柔石们的死是党内倾轧的结果，你还会选择那条道路吗？那么，你的后半生将会完全是另外一个样子。

那么你将失去你的精神立足点。如果你不去支持这个受苦民众的组织，那么你支持谁呢？

你就不能谁也不支持，而只是你自己吗？你为什么不能全部沉入到你的天才的病态之中，从你自我感知的鬼魂的魅影中完成你的文学？

因为你觉得文学并不是一件最紧迫和最重要的事。虽然你的文学天才旷古无匹，然而你觉得，与改变黑暗的现状和众生的苦况相比，文学是什么也做不了的。

你因此放弃你的文学。你投身到带有政党意味的文学斗争中，是因为那是政治，而非文学。你觉得在这样一个时代里成就自己的文学，是一种道德的罪过。而以文学来行动，则能达到你良心的安宁。

这一切，只因为你一些根本的误会——你对民众、对政治逻辑的一厢情愿。你不是个政治人。

你那些貌似深思熟虑、老于世故的言说，其实都缘于你极其感情用事的天真烂漫。

爱是最最非理性的行为。

你的个人主义和天才论，与你的人道主义和马克思主义，是多么矛盾啊。

先生，我们的后代还能看懂你吗？

我周围二十多岁的孩子，他们也有他们的痛苦，这种痛苦与你的不同。你能够理解吗？

你们彼此能够理解吗？

孩子们痛苦什么呢？

——生存。你说：第一要生存，第二要温饱，第三要发展。

但是和你的时代劳苦大众的生活相比，现在的孩子并未到那种不能生存的程度。他们多数是家中的娇宠，衣食无忧地长大。他们的焦虑就是工作，挣钱，买房，买车，结婚，生子。或者不结婚，不生子，但是要消费。各种品牌，各种物件。一个不断“升级”和“进化”的世界。他们要跟上这“进化”的步伐。先生，您不是相信“进化论”吗？现在没人记得生物进化论和社会进化论了。进化论体现在商品上。人是附属在“商品的进化”链条上生存的。跟不上这个链条，人就被淘汰。不能消费的痛苦成为绝大部分人类的最大痛苦。那是被世界抛弃、沦为低等人的痛苦。

在这样的世界里，你还能被理解吗？你还能理解这个世界吗？

诚然，这世界还有你魂梦系之的那种人，那种连最基本的生存都无法实现的人。那些远在天边不被看见、也看不见我们的孩子们。他们赤着脚，生着冻疮，捧着被翻烂的课本，冬天在没有窗户的教室里上课——我们偶尔在媒体上能看见他们。但是在这个疲于应付的世界上，他们是多么不该出现啊。他们出现也白出现。我们自顾自还顾不过来。我们和他们的距离，比两个星球之间还要遥远。我们和他们，我们和我们，我和他，我和我，彼此不能沟通，相互隔膜。你说得对：甚至自己的手都不能感知自己的足。

你痛恨相互隔绝的世界。你以为只要相互的隔绝消除了，人们相互之间懂得爱了，这世界就好了。哦，这世界看起来是比你的时代好了，好得多了，可是人与人的隔绝还是没有改变。它甚至以更精致的形式长存。

那是你没有想到的形式。

你的时代，人还知道向往自由。现在，孩子们不向往自由。他们向往幸福。孩子们的幸福王国是一个物天堂。在那里他们统治它们。他们借助它们的等级和数量实现自己对他者的优越和不平等。你所追求的平等，他们不需要。

你所呐喊的“人类最好是不隔膜，相关心”啊、“救救孩子”啊，愈发像是疯子的梦呓了。先生，在这个世纪里，你依旧是个不折不扣的疯子呢。

所以，该怎么谈你呢，先生？

看，这个人

鲁迅从尼采主义转向马克思主义，看似一百八十度大翻转，其实他经历了一个并不矛盾的思想过程：

1. 早期他追求精神的“发扬踔厉”，即个性自由的发展，个人意志的伸张，个人才能的发挥和成长，以此成全“人国”之建设。但是精神卓异的追求必得在众生权利平等的条件下才能进行。这是因为，追求精神卓异者乃是良心健全者，他 / 她从起点即不能忍受人类生存权利的不平等。精神卓异的目标即是真善美，而众生苦况乃是最违背真善美者。因此，追求精神创造力之无尽成长的起点，必须是全人类的权利平等。当这种平等问题成为最妨碍人之健全存在的问题时，鲁迅必然走向——

2. 追求个人权利的平等。这种权利既包括物质权利，又包括精神权利，即每个人都有自由的肉身和精神存在的权利，二者必须同时共存。这也就是鲁迅为何为大众的物质权利、教育权利、言论自由权利而战斗的原因。他在理性认知的层面，从未迁就和迎合大众的精神水平，而强调知识分子的“教育者”功能。但是他因此而疏远了那些高蹈精英派单单指向自我完成的精神探索。他要的是担荷众生苦的精英艺术与思想文学。这是他作为艺术家的选择。他不必为其他选项作定位式的价值评估，因为他不是学者。他晚年的“为人”意志战胜了“为己”冲动，这是他的种种精神选择和褒贬尺度之成因。而他的“为人”意志太切，使他以过于迁就和现实的态度选择同路人。他遂选择了声称“为大众谋幸福”的政党。这是与他的阅历分不开的——他接触的共产党员，从陈独秀、李大钊、瞿秋白、冯雪峰、柔石，一直到那些沉默就义的无名者，都是德行高洁之士。

一个主张“超人”存在的天才，何以最后与“弱者”站在一起？逻辑过程就是如此。

我想把鲁迅绘成怎样的形象？暂且列出几样来：

——一个为“白心”幽鬼（民众的冤魂）复仇的义人。他一生的主题是正义和自由。为了正义的实现他自愿牺牲部分的自由。但是当他发现自由的牺牲换来了新型的奴役时，他同样起身反抗这种以“正义”为名的新奴役。他承担复仇的直接动力和精神源泉，是他对数千年来无辜冤魂的负疚感。他的柔情体现为酷烈的爱和对恶的“不宽容”。

——一个以“背德者”面目出现的道德家。他的新道德因遭遇了“前现代的变形”而成为被下一个时代的压迫者所利用的工具。这是他最大的悲剧。

——奴隶价值观的摧毁者。这种价值观以外儒内法的形式统治数千年，创造了奴隶/奴隶主的世界，人与人不但身体不能相通，连精神也相互隔绝。它将人的价值囚禁于“身份”之中，成为人唯一的意义源泉。而“身份”的本质，只是现世的物质利益和人在资源控制上的等级分布。

——一个被“不信上帝者”所冷漠的先知。但是这个先知拒绝自己的预言成为取代“上帝宝座”之物。

——自感匮乏、拒绝获救的拯救者。绝望的反抗绝望者。他的精神源泉从未想过从超越性的“上帝”那里获得。他害怕被遗弃。他的源泉只能是自身的良知。“自己审判，自己实行”。

——一面要直面真实，一面攥住自欺的希望。这是鲁迅深刻的自我矛盾。与左翼结盟，是他向人群的“求助”。他拒绝向无形的上帝求助。因为他的下意识里害怕单独。他拒绝“先知”的命运，像一个普通人一样自迷于现成的希望，一个热闹的旅程。

那么需要明了这几个问题：

1. 历史给予鲁迅及其同时代人的选项，都是不对的：选择容忍，会成为助纣为虐者；选择反抗，则成为以暴易暴者。历史不给他提供健全选择的机会。这是他的命运。他伟大的人格与他的命运的较量因此显出悲壮。

2. 因此，鲁迅的故事，就是一个英雄死于爱的故事。由于他在两难中不能不选择日后被证明是错误的一方，他的爱之初衷与爱之结果相背离。

3. 统治者破坏规则，反抗者也以破坏规则来反抗，于是乎恶的循环。不破坏规则会成为鱼肉，破坏规则就会与反抗对象同质。

4. 恶的循环导致人的相恨、隔膜与虚伪，鲁迅试图以诚与爱打破这循环。但是诚必须诉诸真实，而真实让人寒冷，让人难以爱，于是爱变成恨。诚与诚的初衷相悖离。

5. 中国民族的昏乱思想，导致他们盲目地在自己的毁灭中享受对别人的压迫。

6. 如果我们只有此生，我们的反抗必然是以暴易暴；可是，如果我们有来生，用什么来证明呢？

7. 鲁迅的精神遗产体现为巨大的道德、情感和审美能量，而非一种抽象而经久的学说。他的思想是易被误读和扭曲的思想，是一种脱离了具体历史语境即告错误的言说。

致 X.D.

X.D.:

这个戏之所以困扰我这么多年，是因为经历了如下阶段：一、鲁迅太复杂，主题定不下来；二、形式定不下来，看各种样式的剧本越看越乱；三、主题定下来了，找不到合适的形式；四、拿不准是否应该在一个戏里容纳这么复杂的主题；五、决定不简化主题；六、决定向斯特林堡《一出梦的戏剧》借鉴整体形式，向海纳·米勒借鉴形式的细部——比如角色转换和大段故意理论腔的独白，以容纳这些庞杂的主题。

对我来说，这一过程就是“内容决定形式”，高蹈的“形式先行”或“形式即内容”是根本做不到的。在你看来也许这个剧本还未成其为形式，在我，已经竭尽全力了，首先就是要在剧本里说话。也许它说的话应该分别在好几个戏里形式化地说出来，但我想，即便它只是一个总纲，也要都说出。我憋不住了，呵呵。

你说“幼稚与成熟的混合”，可能是说戏剧形式经验的幼稚，和思想内容的相对成熟吧。这实在是没办法。每一种戏剧语言和形式，都是由其要表达的内容和生命体验决定的。语言的突破，是一个剧作家成熟的标志，对我来说，路还长着呢。

我无历史具体知识，但有基于现实体验的历史感，这个戏是一种历史感的非历史化表达。我感到在中国语境中，不及物的超历史的戏剧不是亟需的，或者说，不是我想做的。但那种照猫画虎的“历史化”，我也不想做。

我的戏剧野心非常不专业，只想“说话”，以及为每一个戏找到适合这个“话”的形式。也许写多了，才会知道怎样建立自己的戏剧语言。

李静

2013 年 6 月 16 日

致 L.

亲爱的 L. 老师：

下边写的，是为了跟您交流，也为了我自己也能捋一捋思路。

这次修改，我的主题增加了一个分支：那就是历史给予鲁迅这代人（不只是那代人，至今也如此，历史包袱没消化的地方，都会是如此）的合理性或者说“正确道路”的可能性，几乎是没有的，在这种条件下，鲁迅凭着良知和情感的力量走了一条明知可能没有结果的路，甚至可能是有毒的路。我所感念于他的，就是他舍己的爱力，即使这种爱客观上帮助了撒旦。既然他不能不爱那个遭受欺凌的群体，不能不爱公正，他就不能不这样做。实际上，在那个历史时期，党派之争，无非是众撒旦争夺地狱统治权而已。因此，无论鲁迅，还是胡适，都没有问心、问脑都无愧的“正确”道路可走。对党派无兴趣的个人主义者周作人，也不能维持自身的清高。这是历史的、环境的悲剧。这次写的鲁、胡、周三个男人戏，是想表达这一主题。可它实在太沉重和复杂了，篇幅有限，我写得就太简陋了。

这场戏衔接朱安那场戏，也是因为有这句话相连结：“我的眼前漆黑一片，没有一条路通往对的地方”。这是鲁迅和朱安婚姻的写照，也是他一生的写照。这个婚姻是历史加在鲁迅个人生活上的无法选择的选择（鲁迅的母亲和朱安两个女人，几千年男权社会欠她们的债，她们全盘转移到儿子或丈夫身上，这不是有意的，而是只能如此的）。在这个悲剧境地里，无法摆脱包袱的鲁迅，也使用了他作为男人的权利——对朱安的冷暴力。因此朱安也是非常痛苦和无辜的。这就是人性和历史的乖谬之处。

无爱的婚姻——三个男人三条路，这两场戏之后，鲁迅和许广平的戏是一支轻松的幕间曲。接下去是鲁迅与革命的主题，实际上是三个男人戏主题“在历史不给可能性的条件下，良心的选择及其悖论”的延续和深化。

到最后，鲁迅对观众独白，邀请观众对自己的境遇做出选择。历史是由每个个体的选择组成的，如果每个人都能对自己和后世负责，自会用微弱的力量寻求自由和意义，涓滴成海，走出历史的死结。这是我个人的希望和幻想。即便不能实现，也要对自己和他人负责、尽力。我觉得，鲁迅也一定这样想过。

总的来说，这是我创作过程里断续形成的想法。寄存在您这儿，我也轻松了好多。

您的剧本写得咋样啦？

想念。祝好！

李静 上

2013 年 6 月 18 日

《非攻》的动词及其他

我敢打保票：鲁迅先生的《非攻》是世界上动词最多的小说——我是指用于描述主人公的动词字数与全文字数的百分比。我从来没有见过这样的人物，他从一出场就一直处于匆匆忙忙的行动中，直到全文结束，一刻也没有歇息。为什么会这样？下面我将引用一些文句，还会在括号里作些算不上恰当的解析。我以为非如此便不足以贴近鲁迅的这篇充满温暖的爱与笑的作品。

当然，任何对鲁迅的言说，都不如将自己还原为赤子状态，开放着，静默地阅读他的文字更能达成对他的理解。而对他的理解，与其说更需要诉诸理性的头脑，不如说更需要诉诸敏感而热烈的心灵。鲁迅先生的挚友许寿裳曾说：鲁迅之为鲁迅，“就在他的冷静和热烈双方都彻底。冷静则气宇深稳，明察万物；热烈则中心博爱，自任以天下之重。……鲁迅是仁智双修的人。唯其智，所以顾视清高，观察深刻，能够揭破社会的黑暗，揭发民族的劣根性，这非有真冷静不能办到的；唯其仁，所以他的用心，全部照顾到那愁苦可怜的大众社会的生活，描写得极其逼真，而且灵动有力。他的一支笔，从表面看，有时好像是冷冰冰的，而其实是藏着极大的同情，字中有泪的。这非有真热烈不能办到的。”

“仁智双修”、“中心博爱，自任以天下之重”、“全部照顾到那愁苦可怜的大众社会的生活”这些话如果当面送给鲁迅先生，也许他不会表示同意，但是如果送给他笔下的《非攻》里的墨子，我猜想他一定是没有意见的。也许他还会说：“对的，这就是我想要的墨子了，这就是我想要看到的行动者了。”这位在鲁迅笔下诞生于 1934 年 8 月的“行动者”墨翟先生，与鲁迅以往的小说里孤独、彷徨、忧愤、绝望的“先觉者”不同——全无感伤的性格，只是一味地做事。这个“行动者”不是一个深陷于麻木不仁的冥顽大众、冷漠傲慢的“体面人”的冷眼以及冷焰灼人的黑暗虚空之间痛苦而怀疑的虚无主义者，而是一个纵身跃入“强凌弱、众暴寡”的不公正世界，竭尽自身的仁与智去制止和减轻其野蛮、残酷、互相害、相离散对于弱者之伤害的大爱者。这位“行动者”脱尽了“先觉者”由于智力和道德上无可争议的优越而产生的合乎自然的知识者的孤高，彻底地低下去，把他的不暇更换的破衣衫和烂草鞋裹着的身影，融入到黄土弥漫、苦人遍地的世间，沉默地尽力，“不以圣人自居而做圣人之事”地做事。这时候，主人公和世界之间的关系也发生了微妙的变化：世界不再意味着不可改变、不可交流的隔绝的高墙，而是可以通过赤诚的努力得以改善、得以交流的人间。与此同时，这位“行动者”也并没有“向劳苦大众学习，彻底改造自我”的“知识分子式的原罪感”，虽然完全平民地生活着，行动却只依循来自智慧和道德本身的理性的律令。这样一个单纯透明、有建设性的人物，在鲁迅先生其他的作品里是从未出现过的；而用来描绘他和他的世界的那种明亮诙谐、充满信心的笔调，也是在他的所有作品里独一无二的。更明显的是，作者一反以往小说里大段的内心独白，很少赋予主人公以心理活动，只去描述着他的行与言。在一个个滚滚而来的动词的运动之中，“行动者”墨子就这样站立和奔走起来了。

“子夏的徒弟公孙高来找墨子，已经好几回了，总是不在家……”小说是这样开头的，一个“忙”的印象便给予了我们。找了四五回终于在门口遇见，他们便就战争与和平的问题进行了讨论。公孙高对墨子的主张“非攻”很不以为然，指出“猪、狗尚且要斗，何况人……”

“‘唉唉，你们儒者，说话称着尧、舜，做事却要学猪、狗，可怜，可怜！’（一句话，便把儒家的“伪”与“恶”点破。）墨子说着，站了起来，匆匆地跑到厨下去了，一面说：‘你不懂我的意思……’

……到得门外的井边，绞着辘轳，汲起半瓶井水来，捧着吸了十多口，于是放下瓦瓶，抹一抹嘴，忽然望着园角叫了起来道：……”原来是他的出去找工作的学生阿廉。他温和地责备了阿廉因为报酬不合意而放弃了做有益之事。

“一面说，一面又跑进厨房里，叫道：

‘耕柱子！给我和起玉米粉来！’

……

‘先生，是做十多天的干粮罢？’他问。

‘对咧。’墨子说。‘公孙高走了罢？’（可见墨子没与公孙高多费口舌，也可见他不太讲“待客之道”。因为一是他知道他与自己价值观根本两样，无法说通，二是他实在没有时间浪费在虚与委蛇上，他还有许多事要做。）

‘走了，’耕柱子笑道。‘他很生气，说我们兼爱无父，像禽兽一样。’（儒家是通过等级的区分来确立人们之间的伦理关系和情感关系的，与墨子“平等地爱”相反。）

墨子也笑了一笑。（对于一切误解，“行动者”只是一笑置之，继续做事。大概是他把人们之间观念的差异看作自然之事，所以不会因为自己的“话语权威性”遭到否定就暴跳如雷了。）

‘先生到楚国去？’

‘是的。你也知道了？’墨子让耕柱子用水和着玉米粉，自己却取火石和艾绒打了火，点起枯枝来沸水，眼睛看火焰，慢慢的说道：‘我们的老乡公输般，他总是倚恃着自己的一点小聪明，兴风作浪的，造了钩拒，教楚王和越人打仗还不够，这回是又想出了什么云梯，要耸恿楚王攻宋去了。宋是小国，怎禁得这么一攻。我去按他一下罢。”（要长途跋涉去说服公输般，是因为对弱小宋国之百姓的怜惜之情烧灼着他。在一般道德家看来，公输般唆使强凌弱，实在是罪大恶极，但墨子批评“老乡公输般”的话却平平淡淡，只把他看成个有毛病的常人，绝无慷慨之士任何时候都丢不下的那股大山临盆般的“浩然之气”。轻轻一句“我去按他一下罢”，就指代了自己的意欲给宋人带去拯救与福祉的重大行动。我们应该注意到，鲁迅在本文的每一个字里行间，都在极力地消去一位道德实践者所可能散发出来的任何一点“道德高调”的颤音，以免主人公变成他最讨厌的“道德家”。所以，他笔下的墨子便是一个有常情、重常识、做实事的“经验的理想主义者”，他恪守着行动与道德的高贵和生活与言语的低调，或者说，他根本没有考虑过这个“高”与“低”的问题，他只是为了方便做有益于人的事。）

接着墨子就回到自己的房里，“摸出一把盐渍藜菜干”和一柄“破铜刀”，“找”了一张“破包袱”，把蒸好的窝头“打成一个包裹”，“衣服却不打点”，“只把皮带紧了一紧，走到堂下，穿好草鞋，背上包裹，头也不回的走了。从包裹里，还一阵一阵的冒着热蒸气。”（想象墨子后背的包裹“一阵一阵的冒着热蒸气”，是一个有着巨大喜剧性的情景，而它的原因只在于墨子先生实在使自己太忙了，连等窝头凉下去的时间都没有。这一段描写让我想起许广平回忆鲁迅先生给她的最初印象：“当鲁迅先生上课的瞬间，……在钟声还没有收住余音，同学照往常积习还没有就案坐定之际，突然一个黑影子投进教室来了。……褪色的暗绿夹袍，褪色的黑马褂，差不多打成一片。手臂上衣身上的许多补丁，则炫着异样的新鲜色彩，好似特制的花纹。皮鞋的四周也满是补丁。人又鹘落，常从讲坛跳上跳下，因此，两膝盖的大补丁，也掩盖不住了。一句话说完，一团的黑。那补丁呢，就是黑夜的星星，特别熠耀人眼。小姐们哗笑了：‘怪物，有似出丧时那乞丐的头儿。’他讲授功课，在迅速的进行。当那笑声没有停止的一刹那，人们不知为什么全都肃然了。……钟声刚止，大家还来不及包围着请教，人不见了。那真是‘神龙见首不见尾。’”这墨子行动迅速的作风，以及衣着上的过于粗放，看来很有鲁迅先生自己的影子。）

当耕柱子问他几时回来时，“‘总得二十来天罢。’墨子答道，只是走。”（鲁迅先生简洁传神的功夫，“只是走”三个字便让我们领教了。一个劳形苦心，扶危济急，“愚鲁迅速”，仁爱素朴的行动者就是这样的——无暇说，“只是走”。）

这是小说的第一小节，共1000来字，时间是从墨子回到家到蒸完一笼窝头的功夫，一切都在迅速地进行——争论“非攻”、喝水、开导学生、说明去楚国找公输般的原因、蒸窝头打包裹，出门。每个以墨子为主语的句子里都有若干谓语动词，动词的宾语表明这位墨子先生一直过着清苦的平民生活——因为动作的对象不是厨房、水井、瓦瓶，便是火石、艾绒、枯枝、火，以及盐渍藜菜干、破铜刀、破包袱、窝头、草鞋，等等，总之是“破”字当头。

后来的行程中动词仍是密集，仍是辛苦。比如他刚找到公输般，以“义”说服了他之后，便要去说服楚王。般劝他吃饭，他“不肯听，欠着身子，总想站起来，他是向来坐不住的。”般只好答应引他去见楚王，拿出一套自己的衣裳和鞋子诚恳地请他换上，“‘可以可以，’墨子也诚恳的说。‘我其实也并非爱穿破衣服的……只因为实在没有工夫换……’”从见到公输般，到说服楚王放弃攻宋，到最后从公输般家告辞出来，这些“大事”都做完也只是吃了一顿饭，他便又“走”了。而归途虽是走得较慢，但“比来时更晦气：一进宋国界，就被搜检了两回；走近都城，又遇到募捐救国队，募去了破包袱；到得南关外，又遭着大雨，到城门下想避避雨，被两个执戈的巡兵赶开了，淋得一身湿，从此鼻子塞了十多天。”这些大半是被动语态的动词表明：这位默默给人带去好处的无名英雄，既承担着为弱者做事的义务，也承受着那不知自己曾被他帮助过的弱者的推搡，却并未得着一点尊崇。这虽然荒谬，却也是情愿——毕竟由于他的尽力，他们已经脱离了即将临头的苦难，相比之下，算是过上了比以前较好的生活，而这是他唯一希望的。

因此，我以为《非攻》里接连不断地出现的动词，乃是鲁迅先生塑造一个“实干、苦干、硬干”的“行动者”形象所使用的有力的艺术手段，同时它们也是这位“行动者”的生命态度的含蓄象征：虽然他的道德近乎完美，他的智慧无人匹敌，但是他从未因自身的美而作纳喀索斯式的临水自照，也从不因自己的智而作公输般式的效命王侯；他的胸怀里是广大世间中的贫瘠，号寒，无言的饥饿，以及无辜的人们的牺牲的血，胸中总盛放着这些，以及对这些的无条件的悲悯之爱，他就只能“总是匆匆地走”。因此，这个意志坚决的老好人，其实就是鲁迅在其他场合描述过的一种理想的知识者：“这些知识者，却必须有研究，能思索，有决断，而且有毅力。他也用权，却不是骗人，他利导，却并非迎合。他不看轻自己，以为是大家的戏子，也不看轻别人，当作自己的喽罗。他只是大家中的一个人，我想，这才可以做大众的事情。”毫无疑问，这位墨子先生，就是鲁迅心中“做大众的事情”的人物模型。

这样的分析下来竟使我相信：鲁迅先生在晚年所认同的价值和所期待的理想人物，由《非攻》里的墨子——这时刻也不停歇的“行动者”形象——完全地表现出来了。或者也可以说，在《非攻》里，鲁迅先生给自己作了一幅幽默的自画像。或者还可以说，鲁迅先生在这小说里给自己创造了一个同路的友伴，以他的辛劳、热情和爱，鼓舞着自己奉献与爱的生涯。但是我这么说却没有“鲁迅先生是个自恋狂”的意思，我只是顺便表明了这样一个观点：

一个人的实际存在，或多或少都是他自身理想的产物。如此而已。

附记：但是《非攻》里墨子做的一件事让我不能释然：公输般拿出一只木头和竹片做成的喜鹊给他看，说它可以飞三天而不落。墨子瞧了瞧，便说："可是还不及木匠的做车轮，……他削三寸的木头，就可以载重五十石。有利于人的，就是巧，就是好，不利于人的，就是拙，就是坏的。"谈完天，送墨子走后，公输般想了一想，"便将云梯的模型和木鹊都塞在后房的箱子里"。把云梯收起来我没有意见，可是那消失的木鹊呢？"不利于人的，就是拙，就是坏"吗？无益于多数人的生存，但是有益于少数人的愉悦的优雅无害的事物，对于温饱尚未解决的多数人而言，其存在在伦理上是有问题的。但有多少美丽的事物，是消失于这样一种伦理之下呢？这消失，又使人类的文明已经和正在减少了多少丰富性呢？在终极的意义上，这对人类的全体也是不利。怎样解决"关怀弱势群体的伦理"与"文明丰富性的伦理"之间的紧张关系呢？当这种选择落在一个人的身上的时候，他怎样才能既不违背自己的良心，又不折断文明的链条呢？或者，文化在发生学的意义上根本就是"阶级的产物"？有些文化必然地会随着一种阶级的消亡而消亡，不能将它"纯化"，脱离历史地单独保存？如果一种文化的存活必须仰赖一种历史，而这历史又有违平等和人道的原则，那就应该毫不留情地让那文化与那历史一道消亡？

也就是说，古老的“阶级论”在今天并未过时？若如此，那又如何才能让人类的文明向着更卓异的方向迈进呢？……恐怕鲁迅先生的墨子也难以解答这些问题罢？

2001 年 9 月 17 日

李静、陈丹青、赵立新三人谈

《大先生》，大先生及其他

时　间：2014年8月

地　点：陈丹青画室

交谈者：陈丹青，画家，作家

赵立新，影视、戏剧演员，戏剧导演

李静，作家，批评家，话剧剧本《大先生》的作者

李静：我想写剧本期间我可千万别死了啊

陈丹青　李静是作者，先说说这个剧本的缘起。

李　静　那就从我为什么开始写说起。大概2008年的时候，林兆华导演想为濮存昕约一个关于鲁迅的戏，而且明确地要以鲁迅本人的生平为主体，那种以鲁迅的小说作品为叙事线索的模式，他一开始就排除了。起初，大导只是

托我找了一些专家，有研究鲁迅的，有写各种东西的，大家一起头脑风暴一下。后来他问了一圈：编剧谁来做？专业编剧都明白这是个坑，不要往里跳，有前辈干脆表示：写鲁达和周迅还可以，写鲁迅就算了吧。2009 年初，大导有枣没枣打一杆子地问问我：李静你就给写了吧？好像这事儿跟玩儿似的。我当时正被创作欲蛊惑，找茬写话剧呢，就不知深浅地答应了。后来我的一位老师数落我：你敢接这活儿不是因为你胆大，是因为你傻呀。

陈丹青　你之前有没有写过戏？

李　静　之前写过电视电影剧本和小说，整部的话剧没有写过。

陈丹青　所以这是六年前的事了？

李　静　对。但是 2009 年初，才进入一个正式要写的状态。这个状态无限延长，主题越来越复杂，人物越来越多，自己没有经验应付这种状况，而大导又对我不限时间，不限内容，不限样式，越是不限、自由，我越是感到茫然无力，找不到发力点，不知从何着手。大导七十多岁的人，一直在那儿等着，不催，但也明显感到他由不急，到着急，再到不急，可能是已丧失期待——这种心理压力太大了。而这种压力最终指向一个目标：如果剧本真的好，大导一定会把它搬上舞台。我觉得为此努力是值得的。头两稿都被大导否了，说不行。但是哪儿不行？怎么才能行？大导无解，我只有自己悟去。当他看到第三稿时说：行了，别改了，可以排了。我就静静等他排。

但事实不是这样。作品有它自己的命运。不过我还是感谢林兆华导演最初的催生，没有他的约稿，就没有这个剧本。

赵立新　我看到的是最后一稿。但是我特想知道你的三稿的演变。

李　静　这个比较复杂。我是半路出家野狐禅，编剧起初没一点儿章法。第一稿完全是没结构的，整个所谓的三幕剧，就像是三部短剧，互相没啥关系。第一幕好办，开始就像一个悬念剧一样——身穿黑风衣、头戴黑礼帽的胖子瘦子来到鲁迅家，东翻西看，这时鲁迅进来，以为是两个“国保”来家了。二人客气地要带鲁迅走，鲁迅语带讥刺地周旋，这时二人提醒他看看时钟：1936 年 10 月 19 日凌晨 5 点 25 分，并让鲁迅看清自己的尸体：你瞧，他们在给你画速写；你瞧，他们在往你脸上贴石膏；你瞧，他们撕下石膏，要给你保留遗容面膜。鲁迅说：人都死了，这样做有啥用呢？二人语带双关地说：死了才更好用啊。鲁迅才知道：哦，我原来跟地狱使者在一起了。

陈丹青　等于你一开始就选了鲁迅死亡这个点，动机没变。

李　静　是的，写了许多无目的的片段之后，第一次成稿就选了临终这个时间点。

赵立新　这个特别棒。画面感特别强。

李　静　但接下来悬念剧就不能进行下去了，再下去就变成地狱里的事情，全是生造的了。我最后咬牙把它造完了，发现非常不自然，几乎完全是无效的。

等到第二稿，就有了更多的主题，什么兄弟失和，鲁迅与胡适的两条道路，还有鲁迅和朱安的事情。但这些场景没有一个统领的线索，也没有合适的形式把它们贯穿，也不行。

看书加上写两稿的时间，已有两年半。开始根本没想到会用这么长时间，把所有的活儿都推了，所有人都不见了，时间用得越长，越骑虎难下了，即使还是不知道怎么写，也不能逃跑了。到第三年整，这个本子才算憋出来。

陈丹青 做事情就得这样。

李　静 从第二年开始，朋友们就劝说你别写了，鲁迅这个题材不适合写话剧。我当时想的是：这个期间我可千万别死了啊（笑），死了就是奇耻大辱啊——我告诉所有熟人我在写一个叫《鲁迅》的话剧，然后怎么都写不出来，最后人家说这人死了都还没写出来，多可笑啊！太丢人了。我怕这个，三年一直灰溜溜的，直到写完了，觉得终于可以死了——它终于不必成为一个永没完成的笑柄了。（大笑）

赵立新 我对剧本里面很多意象印象特别深刻，比如说鲁迅周作人兄弟之间的那场戏，纸伞、血绳，等等。你的这些意象是哪里来的？

李　静 这些意象都是一点一点出来的。首先是想到：我并不想追溯兄弟失和的事实原因以及这个过程本身，我想借兄弟二人由并肩携手到分道扬镳这件事，写写人道主义者（鲁迅）和个人主义者（周作人）在“众生苦”面前的灵魂挣扎——究竟是完全献出自己，还是要保留自己的园地？究竟是要寻求道德完善，还是要追求智慧卓异？其间藏着道德与智慧之间不能两全的悖论。这个主题，也是我自己在生活中感到挣扎的一个东西。在这部戏里，需要象征性地表达这个主题，这就需要寻求象征意象。关于周作人羽太信子的生活记述，有人回忆说信子爱花钱，伞也要买昂贵的日本纸伞，这个日本纸伞给了我深刻的印象。周作人的灵魂里分量最重、认同最强的部分是日本文化的美学精神，且他强调无论何时，知识者都要有“自己的园地”。那么写这个段落时，纸伞意象跳了出来，我便用它象征了周作人的精神坚持。

血的意象，是鲁迅作品整体上给我的一种感觉。《野草》里有一篇《过客》，过客说：“我的血不够了；我要喝些血。但血在哪里呢？可是我也不愿意喝无论谁的血。我只得喝些水，来补充我的血。一路上总有水，我倒也并不感到有什么不足。只是我的力气太稀薄了，血里面太多了水的缘故罢。”我一直感觉这是鲁迅对自己内心的一个强烈概括，他的“血”，是慈悲、热量、奉献、牺牲，是爱的意象，但却是真实而疲惫的“人”之爱，而非从上帝那儿获取了不竭源泉的“神”之爱。与此同时，我也感到鲁迅有一种既自我束缚又束缚别人的道德感，以及一个自我牺牲者给人带去的不由自主的道德压力。这些形成他的道德强迫性。有一天，我突然觉得，“血的绳索”是对他很好的一个概括——一个是他的爱、热能，一个就是道德的强迫性。血的绳索既能给人以温暖，又给人以强迫感。

陈丹青　你说的强迫感是指什么？

李　静　我觉得鲁迅有点道德强迫症。

陈丹青　这也是我试图申说的意思，但是很困难。鲁迅是当时那么多作家中的一个，1949 年后他变成唯一剩下的作家——“强迫症”被发现了。

你想象一下，要是德国变成社会主义国家，只出版尼采的书，其他一概抹杀，你一定会受不了尼采，而尼采又要你做超人：“强迫性”就来了。但是联邦德国没出现这个情况。中国呢，现在凡是不喜欢鲁迅的，对鲁迅有质疑的，都说鲁迅记仇、多疑、有道德强迫症……等等。对不对呢，可能对，但胡适在哪里？陈独秀在哪里？还有梁实秋……只剩鲁迅一个了。

所以“强迫症”真的来自鲁迅么？是我们几代被强迫了吧。

李　静　嗯，您说的是民国文化生态丰富性被消灭之后，新中国只剩鲁迅一枝独秀时给人造成的强迫性。我更想在剧本里表现的，是鲁迅当时对内在自我的道德压迫，这种压迫后来甚至改变了他的感受力、文风和思考能力。

陈丹青　他可能有，但是当只剩一个鲁迅时，所有这类“症”立刻被放大。每个人读鲁迅不一样，我可以同意鲁迅可能有“症”，但对我不构成问题。

大家质疑鲁迅，是对的，符号性的作家都是被质疑的资源，但是当只有他一个人被阅读，被过度解读，而他的言论和影响被无限夸大、长期夸大后，其实你很难分清是他的那一部分、还是这个时代给我们的那一部分，在说话。

李　静　而剧本恐怕只能从主人公的内在自我上进行表现。

陈丹青　我们现在离开剧本在谈嘛，我说的是我怎样理解这些意象。

李　静　哈，这就是写作最迷人的地方——阅读者的理解和作者的本意之间会产生创造性的分歧。

陈丹青 我读剧本的时候也在想：鲁迅是这样的吗？但是后来我放弃了，不考虑了。这是个老问题：我们要不要考虑忠实于鲁迅，或者说，至少要为观众着想，为作品的影响着想，不要离鲁迅太远？还是部分忠实于鲁迅，可以有自己的解释？——但是，这个问题是不是我们要考虑的？这才是症结。你是怎么想这个问题的？

李　静 我觉得对主人公的精神本质要有自己的体认，或者说同情的理解，在这个基础上，必然会有作者个人的自我投射。一部有历史原型的作品一定是彼此附体的东西——作者可能被鲁迅附体，但是这个鲁迅可能也要被作者附体。这一切可能不是有意的，但它最终只能是这样的。

陈丹青 “彼此附体”，这说得好。

李　静 我觉得没有一个纯客观的鲁迅，在作品中，他肯定是一个被作者附体的人物，但这个“附体”要尽最大的真诚。读者和观众可能会有忠实鲁迅与否的批评，这是我最不顾虑的，我不在乎观众说这不像鲁迅。

陈丹青 你现在再看剧本，觉得有遗憾的地方吗？

李　静　我觉得这是一个已尽最大的努力、却永远写不完满的剧本。我没有办法写得很完美。鲁迅的侧面特别多，他的众多有趣的面向，有许多为了主题表达的需要而不得不舍弃。舍弃的时候是很可惜的，觉得这些材料中的任何一个，都可以写一部活色生香的戏。于是只好自我安慰道：只能写成这样啦。那些轻松、好玩的素材，以后会有没包袱的年轻人去写吧。

赵立新　我记得看完剧本的时候也跟你说过，我自己最喜欢开始第一段，就是那个时间嚓嚓嚓地走，包括那些细节——许广平松开鲁迅紧握的手，怕过于热烈的回应让他觉得难过。之后是几大段讨论，我当时觉得稀缺的是烟火气，太多慷慨陈词，形而上，文本的东西太多。我特别想在里面看到剥毛豆一样的小细节，因为这特别具体，一个菜，一个南方人爱吃的菜，一个南方女人爱剥的菜，那个大东西就会一下子聚焦到一个小点上。这些东西是在里面最活跃的分子，就像尘土一样，但必须得有。

李　静　你需要戏里有具体的事物做表演的发力点，是吗？

赵立新　对，要不然老悬在那儿不行，它落下来、起来，落下来、起来就比较好。落下来就是剥毛豆，就是祥林嫂，就是捐门槛，就是讲阿毛的故事，就是这些烟火气的东西。

赵立新：醒过味来有点后悔，觉得可能会蹚雷

陈丹青　后来大导为什么不排这个戏了？

李　静　做戏跟谈恋爱一样，要看磁场对不对。这个本子恐怕跟他对不上吧。大导导过的所有成功的戏，都是有情节、有故事、具象的戏。这个本子相反。

赵立新　但他特别喜欢把这些有故事有情节的戏做得七零八落的。（笑）

李　静　对，他喜欢把现实主义的剧作往现代主义的味道上弄，做减法，颇多神来之笔。但这个本子不是那种样式的。

陈丹青　你觉得这个戏是什么样式？

李　静　这个戏有一个反写实的梦剧逻辑，人物几乎没有太具体的现实立脚点，用演员的话说，叫做“找不到心理依据”。

这也要回到刚才立新说的这个戏缺少“烟火气”的问题。立新的意思，恐怕也想在剧中的每个大段落都找到表演上的“心理依据”，但对我来说，恐怕这个戏的路径是另外一种。

我自己对现代戏剧有一个也许词不达意的风格划分：一种是“英国式的”，一种是“德国式的”。大家普遍采用英式戏剧的模式——瑞典戏剧也在这个模式里，也就是那种基于“个体”的有血有肉的故事模式，人物的命运和境遇突转构成戏剧本身；“德国式的”相反——其实只是一部分德语戏剧是这样，作为哲学之国的一个产物，这种戏剧是基于“本质”的、反个性化的“思想诗”模式，既抽象又激情的精神张力构成戏剧本身。幸运又不幸地，《大先生》属于后边这种很偏门的戏剧样式。

对我来说，《大先生》开头那一段就是“烟火气”，就是立新你说的“毛豆”和“尘土”，之后的段落，就在尘土上慢慢起飞、悬空、翻滚，进入一个既是思想的、又是诗的空间。这个诗的空间也需要“物”的媒介，从“物”直接进入象征的丛林，比如人物从列宁装换成执政官的装束，比如人物拿出一个西红柿，它既是一个人物动作，也是进入象征的门径。人物这时的状态是酒神式的，他处在精神的沸腾又沉醉的深处，一切都是情感喷发的触点，都是理性濒临破碎时力图自持的歌唱，应该说这时戏的形态更接近某种现代音乐。你看海纳·米勒的剧本《哈姆雷特机器》和《任务》，德国塔利亚剧院来北京演出的《在大门外》和《哈姆雷特》，几乎都没什么小细节，只是一个反情节、超时空、把思想和情感直接化为戏剧动作的空间。它的逻辑不是“故事”的，是“思想”和“诗”的。《大先生》更接近这个脉络的戏剧，这也是不少导演认为《大先生》比较难办的原因。

当我顺着自己的天性把这戏写完并反复修改，心里已经清楚：这个主人公不是国内走写实路线的演员所适合演绎的，他的复杂和变幻，只有赵立新可以承受。

陈丹青　你以前看过他的戏？

李　静　他在北京演的戏我几乎都看了。就是一种直觉：这个人的戏我喜欢，有一种和中国本土演员不一样的感觉。他的精神世界的复杂性全都在脸上写着。我就觉得这个角色他罩得住。

2012 年 3 月本子写完不久我就给他看，那时是请他作为朋友给剧本提提建议。他提得特别中肯。2013 年初我问他：你可否把这戏做出来？他特痛快地说：可以。

赵立新　看着你的眼睛我没有办法说不可以。（笑）你知道我是斯特林堡的崇拜者，正好也在他的家乡瑞典演过戏，我最喜欢的就是他的《一出梦的戏剧》。我不知道为什么李静这个剧本让我想到这出戏，就是梦的空间很宽广，在里面可以随意做。当时关于鲁迅我想得很少，而是在想它赋予我这样一个幻想，我比较喜欢在云彩那里坐着想，在舞台上自由驰骋。

后来等我醒过味来就有点晚了，后悔了。因为鲁迅这个词对我来说太敏感太重了。我不知道现在谁可以举出一个建国以来演鲁迅演得好的人，我听到的答案都是否定的，大家对谁都不满意，觉得谁都不是，谁都演不好，谁演都会被骂。这是一定的。挨骂不是一个特别好的事，尤其是在舞台上受大家夸奖的声音多了，就不想让别人老骂自己。（笑）

中国人比较喜欢通过外形来判断，首先看你像不像。鲁迅给我们留下的印象很固定，就是板寸、长衫，这跟我不搭界，那肯定从外型上就被否定了。再加上他精神的复杂性和伟大性，大家觉得他应该就是那样的，普通人最好不要随意动他。所以我很坦诚地跟李静讲，后来有点后悔，觉得可能会蹚雷。

陈丹青 就我所知，好像就一个濮存昕的鲁迅电影，还有别的关于鲁迅的电影吗？话剧有没有？

李　静 有一个张广天做的《鲁迅先生》。那是一个活报剧性质的戏，大概 2001 年上演的。

陈丹青 电影演员里，最早是赵丹想演鲁迅。

赵立新 对，他准备了好长时间，最后没演成，那成为他一大遗憾。

陈丹青 你说对这个剧的兴趣最早出于对斯特林堡的兴趣。这很有趣。鲁迅是一张网，你碰来碰去，会碰到他碰过的东西。斯特林堡再早就是易卜生，易卜生是鲁迅那个时代的符号之一。鲁迅喜欢珂勒惠支，喜欢易卜生，喜欢所谓东欧北欧小国家的东西，你又进入他的趣味。这是对的，暗合的。

赵立新 我以前在瑞典工作，很幸运地考进了瑞典国家话剧院。

陈丹青 你在瑞典是职业话剧演员对吧？

赵立新　对。而且我也很有幸见证过英格玛·伯格曼死前导的最后一个作品，就是易卜生的《群鬼》。瑞典戏剧就是斯特林堡，伯格曼也是斯特林堡的追随者。我回中国排的第一部戏，就是斯特林堡的《父亲》，包括《一出梦的戏剧》在中央戏剧学院排。

《一出梦的戏剧》在欧洲演出的时候，我第一次看的时候，是罗伯特·威尔逊导的，他把一帮北欧最棒的大演员弄到一块，用成道具，这个没有人来干的。大演员每一个人都是很自我、功成名就的人，你让我在前面走几步回头看呆那儿不动，在灯光下造型，这没有人能接受。但是非常奇怪，他就有这样的感召力，搞了一个视觉戏剧。我发现只有这个形式，把斯特林堡植给我的根保留得最深刻——原来梦可以繁衍成这样，在舞台上就像流动的牛奶一样，里面用了很多手法，就像催眠一样，就是到了这种程度："你跟我进来吧。"

李　静　在这种戏里，台词怎么说呢？

赵立新　台词在梦境里很夸张，又特别恰如其分，因为在梦境里面你按照普通的方式说台词显得很傻，就进不去了。这是一种奇怪的场或者是氛围，正好适合这样的说法。我看到你的戏的第一眼，让我一下很振奋的也是这个感觉。

陈丹青　听你这么说，我有点可以想象将来你导演鲁迅这个剧的感觉了。

李　静　他肯定有构思了。（笑）

陈丹青：看了这个本子我蛮害怕的

赵立新　有一个问题很有意思：就是人们喜欢谈一个戏谁能“把握”谁不能“把握”。我这么多年演戏、导戏，个人的感受是，我没有一次是觉得把握住了这个作品所以才去做的。可能这是一个文辞上的说法，什么叫把握住了和把握不住？这可能是一个距离感和陌生感、熟悉感。我不敢说我把握住了。到现在我完全可以坦诚地说，我没有把握住这个作品，我只是觉得我们来做吧。我有兴趣和热情，可以操作。但真的是没有把握，所以今天我才来，希望听听你们的建议。

我读了陈老师的很多书，其中有很多部分写到鲁迅了，包括你用的“大先生”这个说法。我就跟李静建议，这个剧的题目叫“鲁迅”，我并不是特别喜欢。

李　静　其实我也不太喜欢。但当时约稿的时候叫《鲁迅》，也就这样叫了。你看井上厦写鲁迅，就叫《上海月亮》，要是最初我自己想剧名，肯定也不叫鲁迅。

陈丹青　现在你愿意叫它什么？

李　静　现在立新已经提出了一个很好的方案，我都不用费力想了，就叫“大先生”，您觉得呢？

陈丹青　“大先生”是鲁迅家里叫出来的，他是哥哥，后面有二先生、三先生，就是周作人和周建人，现在“大先生”似乎变成对鲁迅的尊称了，其实以前老派人家里都叫长兄“大先生”。

赵立新　现在很少，能被叫得起的就更少。

陈丹青　如果80后看到这个本子叫“大先生”，可能不知道是讲鲁迅，不知道谁是“大先生”。

赵立新　但80后要知道了是讲鲁迅，可能还更有距离感。

陈丹青　哈哈。

李　静　一说演鲁迅可能会给人吓到。

赵立新　我特别想知道陈老师看完剧本之后是什么感受？

陈丹青　我看了蛮害怕的，李静写得狠。李静说话声音很轻，从来没听她高声说话，我不知道她有狠劲。当然，她的批评文章我看过，有狠劲的，创作是另一回事，尤其是创作鲁迅，鲁迅是又过时又不好碰的题材。

我一看，原来她是这么写法，就像赵立新刚才说的，一上来鲁迅就快死了，胡言乱语，一路下来，鬼啊，梦啊……看到后来蛮害怕的。可能这就是写得成功吧。到我这个年纪，看东西蛮冷静的，不容易吓到我。当然我说的“害怕”不是因为写到鬼，也不是因为写到梦，而是……

我觉得这件事情有意思的是，鲁迅终于可以交给大家去谈了。从前是鲁迅专家在谈，永远是主流意识形态在谈，现在总算可以随便给年轻人去谈了。赵立新刚才说，接手这个戏，并不是因为它是鲁迅，而是因为它是一个梦剧，这就跟过去长期拿着鲁迅笼罩我们的状况，很不一样了。过去那种笼罩，挺压迫的，大家会忌讳：你怎么可以这样谈鲁迅呢？现在没关系了。与此同时，另一个问题来了：眼下谁还对鲁迅感兴趣？谁还对鲁迅的话剧感兴趣？我们要面对的可能是这个问题。

鲁迅是被过度谈论的人，同时从来没有好好被谈过的，这是非常尴尬的状态。总有一些名人被过度谈论，其中有些谈得很好，但鲁迅被过度谈论得一塌糊涂，从他死开始，一直在歪曲他，利用他，弄死他。他死了多少回了，没多少人对他感兴趣了。

赵立新　那你为什么还会想到去谈他呢？

陈丹青　就因为厌恶。我十二三岁就读鲁迅，后来看到别人谈鲁迅，斗士啊，反抗啊，旗手啊……我就厌恶。我不确定为什么厌恶，只觉得我读到的鲁迅不是这样的。那时还没水平想这件事。后来到国外看了大量民国的书籍，看到鲁迅同时期的整个生态，看到其他民国作家，这才明白鲁迅话题是个大冤案。可是我回来后看到国内谈鲁迅的套路，大致还是这样。所以一方面，我不要听人谈鲁迅，另一方面，又觉得谁能出来好好谈谈鲁迅？

李　静　您就敢为天下先了。

陈丹青　倒没有，《笑谈大先生》是孙郁让我去谈的。后来海婴父子就一直找我谈。但我谈鲁迅都是从旁边谈，从来没有进入鲁迅谈他，也没有进入他一部作品。

李　静　事实上你并没有研究鲁迅。

陈丹青　当然没有，我没研究过任何人。

李　静　您刚才的话没说完，您说看这个本子看到后面越来越害怕，害怕的到底是什么呢?

陈丹青　我要想想看——这么说吧，今天如果有人写鲁迅，我会期待他怎么写，同时又蛮害怕，这个害怕，在没看李静本子之前就有：鲁迅很容易被讲坏掉。很多谈他的人其实很爱他，但是讲坏了。但李静的本子我一看，发现也不是讲好，也不是讲坏，啊：原来她是这样讲法，没想到，我有点意外。

　　但我又蛮高兴的。李静没有理会鲁迅的符号性的这条线，反封建啊，救人啊，不是从这条线写。她从朱安、许广平这些人掰扯鲁迅，鲁迅快要死了开始写，写他不断停下来跟生命中那些人讲话，很多独白。这些独白实际上是李静的独白，但是放在鲁迅那儿，结果看下来，不能说这些独白全是鲁迅的，但也不能说全是李静的——这就是鲁迅可以给人的东西，你读进去，总要被笼罩的，你不可能完全用自己的语言在说他，一定会和他纠缠在一起。这个剧本让我发现鲁迅会是这样的，这么多年以后，鲁迅作为符号，已经死掉了，用滥了，但还是会有李静这样的读者。她是我的晚辈，理论上比我小 20 年左右的这么一个代际，这个代际读鲁迅，我已经不能想象了。他们要么根本不读鲁迅，要么也读，但他们写的东西我不太要看，因为还是老套。

赵立新　你觉得以后的人还应该再读鲁迅吗？

陈丹青　我从来不要人读鲁迅，不要再去招惹他。但是我会单个的遇到哪个人，他在读鲁迅，如果听他说起来，觉得他这么读有意思，我会很高兴。我蛮难找到另外一个例子，在其他任何一个国家的哪位作家，在 20 世纪，在百年内，会被这样子糟蹋，歪曲。所以呢，我期待别这么糟蹋鲁迅，另一面呢，就是 leave him alone，别再管他，让这种状况过去，看看哪天鲁迅是不是会被搁在比较正常的语境中被阅读，被谈论。

李　静　现在中小学生的课本开始减少鲁迅，删掉鲁迅的东西。

陈丹青　我非常同意，我建议把鲁迅全部拿掉。

李静：鲁迅最打动我的是他暗黑的部分

陈丹青　咱们来想想看，有没有过欧洲或者美国的哪一个话剧，就演一个他们国家很著名的文学家，大家看了都很服气，都爱看？哪怕是完全虚构的，超现实的。

李　静　写人物的戏剧不少，但写文学家艺术家的太少，我看到好的只有《上帝的宠儿》，写莫扎特的。

赵立新　还有彼得·魏斯的《马拉·萨德》，还有《斯特林堡的独白》。

陈丹青　谁写的？

赵立新　现代的一个北欧剧作家，名不见经传。是一个人，独白嘛。

这个戏很成功，当年我们看的时候还是瑞典的原文来演出的，在中央戏剧学院的北剧场。那个演员我也很熟，是瑞典皇家剧院一个非常好的演员，他进来就两个动作，我们就给镇住了。台子是空的，他上来，坐下来，拿出一盒牛奶，一个鸡蛋，生的，把它磕了，咽了，牛奶撕开，咕嘟咕嘟喝掉。非常专注，很有观赏性地喝完，然后拿出一个粉笔，画一个像案发现场的人形，画完以后他就躺在人形里面。开始特奇怪，在这两三分钟之前大家还没有过多的感觉，当他画完这个人形，人卡在这个人形里面的时候，大家突然觉得要发生什么呢？因为这是案发现场才用的，一般人不用这个。他开始说第一句话，说的是斯特林堡的一封情书，最悲哀的一封情书，瑞典文听着特别带劲，因为瑞典文是特别有节奏感的。他一点一点的，身体随着这些气息，最后站起来开始跟自己吵。真的是漂亮，就几下子，一个人的力量多么强大。一个空的舞台，让任何一个中国演员试试看，没有灯光多媒体，就是自己。那是我认为比较成功的。

李　静　这个戏多长？

赵立新　一个多小时。

陈丹青　不光是他们话剧好，他们整个当代艺术都厉害。

李　静　以作家做主人公的戏，我写的时候也在找，就是找不到。莫扎特、萨德都是行动戏剧性特强的主人公，对我没有参考价值。我就想找一个人生非常枯燥、人物行动性很弱、精神上又特别复杂的戏剧主人公的戏，给我做借鉴，或给我当靶子，但是看不到。

赵立新　莫扎特那个还是比较简单的戏剧冲突，就是宫廷乐师跟他之间的矛盾。《马拉·萨德》比较飘。

李　静　《马拉·萨德》也是一个施虐受虐的戏。他在精神病院里，这也是很极端的戏剧情境。像鲁迅这种，戏剧性全在他的情感和思想里，而现实人生是一种纯文人的枯燥，仅有的戏剧化经历又无从表现他的精神实质，这种人物的戏剧样本我实在找不到，最后逼我想到了梦剧的结构，想到去斯特林堡那吸取营养。

陈丹青　其实你完全没有意识到你这个本子的原型就在鲁迅那里。鲁迅写过这样的剧本，非常非常简单。我一下忘了名字，《热风》还是《过客》？

李 静　《野草》里的《复仇（其二）》写耶稣的？还是《起死》，写庄子的？我不知道。我只是整体上希望传达出《野草》的色彩，我自己会预想一下效果。

陈丹青　你的语言已经是现在的语言了。值得一做。我想你写到后来应该很有快感。

赵立新　你这里面很多台词，都是大段的东西，这真是需要力量的。这个力量不光是外部的，还有内部的。就是你内部的储存是否够，不光是气和肌肉的力量是否够，而是你内心的思想够。就像莎翁剧里罗米欧跟朱丽叶表达一段爱情，"你是我的太阳……"一大段下来，普通人拿不下来的。

陈丹青　对，我说的害怕，其实也包括这个——实际上是连续的惊异：好不容易看完鲁迅一大段独白，又来一大段。再往下该没有了吧，她的气应该没那么长，结果，又来一大段。

还有一个，就是错位。错位在哪里呢？我们通常会说，鲁迅内心非常黑暗。结果我发现李静内心也很黑暗。我不太相信是鲁迅影响了她，给了她黑暗的感觉，去写这部戏，不是的，一定是李静内心也黑暗。你看，我很喜欢鲁迅，但我老是对鲁迅好玩的一面敏感，鲁迅其实调皮得一塌糊涂。但李静不是挖掘鲁迅的性格，而是挖掘“黑暗”的那一面。包括旁边的角色，鬼啊，甲乙丙丁啊。所以我很惊异，你内心怎么会有这些东西？你的想象力是这样的？而且你这些想象力好像货源很足。

李　静　这个我也很难解释。童年不快乐，恐惧感强，性格抑郁，加上我是双鱼座的？只能说，我对痛苦、禁锢和爱特别敏感，对罪孽的想象力比较发达。如果你是个敏感又脆弱的人，那么你越渴望爱和自由，你就越恐惧它们的丧失，你就越能想象那些使它们丧失的东西，赋予它们形象。所以我特别喜欢木心先生的一个观点：艺术是天性的形式。想象力总会依着天性走——我喜欢往没底的深渊下沉再下沉，但心里一直揣着得救的渴望，这都是出于天性。

陈丹青　你的第一稿和最后一稿差别大吗？

李　静　几乎完全不一样。里面只有四五千字从第一稿就有，就是两个“左联”人士阴阳怪气的理论腔，那个段落。

陈丹青　感觉你后面写得欲罢不能了。

李　静　是的。一些大段的独白，一般都是黄昏的时候写的，写出来了觉得特爽，但是不知道把它们放哪儿。直到第三稿找到了结构，这些段落才各安其位。然后继续“补气”，继续喷发，那时候真感觉要飞起来了。

鲁迅活泼有趣的地方也很打动我，但深层激动我的，的确是他暗黑的部分。我平常不写的时候，脑子里出现的总是悲伤的声音。比如看完《故乡》，会想到闰土这个形象，有时候我会好像鲁迅附体一样，想念一个中年衰老破败成这个样子的少年朋友，然后体会那种面对一个弱者、旧友，无法帮他、但是对他的痛苦状况感同身受的感觉。鲁迅是个移情能力特强的人，尤其对受伤受苦的人，他能瞬间进入对方的心里，替他感受一切痛苦，然后却从一个冷漠、隔膜、无情无望的视角来写，于是给读者的刺激和震撼就分外刻骨。还比如说，我看到鲁迅给人的信里留了自己家的电话号码，有时候半夜我会想：我是不是应该试着拨拨这个号码？没准儿就拨通了呢？要是拨通了他接起来的话，我会跟他说什么呢？我想象他的声音，并且想到，我会对他说出自己最难过的心事。我会觉得什么都可以对他说，他就是那样一个我想要他抱一抱的、可以依恋的父亲。萧红曾写过一首诗，里面有一句话：你离去了，好像正义也跟着你离去。她所说的正义，我觉得就是一种父性，是那种特别温暖、永不拒绝的爱。但是他这种爱是时刻会受到伤害的，刺激我想象的，也有这种伤害他的魔性力量。

陈丹青　还有一个感觉：我读的时候，一开始很难摆脱过去所有人在看有关鲁迅的写作时，都会有的想法：这样写是不是忠实鲁迅？鲁迅究竟是不是这样的？但我很快就放弃了。我觉得不应该这样去看这个剧本，我应该看李静怎么写。看到后来就发现，她完全不管这些。不打算考虑。她不管有没有一个公众的鲁迅，历史的鲁迅，不管大家是怎么看他，我这么写是不是离鲁迅太远了——她完全不管这些。

李　静　对对对。

陈丹青　我一点没找到过去我读李静文章的感觉。这次她是在创作，所以我很惊异。好的评论，都是艺术，都是创作，我以前读李静的东西，蛮高兴也蛮佩服的是，我其实不指望50后和60后，包括他们改革开放后上大学，学了西方各种后现代再来写作的那些批评。我太了解我自己的同代人，一读就读出来，还是那点思维。到70后发生质的变化。我蛮佩服他们解构的方式，他们的工具比我们多了，而且是我们那一代没有的工具。我不知道李静的知识结构，但不管怎么样，她在评这个那个的时候，她下手的工具和方式，跟50后、60后不一样，我很高兴终于有新一代评家出现了。

陈丹青：忘记鲁迅，排一个牛逼戏

陈丹青　我想问赵立新，你觉得后悔了，为什么后来还是决定导？

赵立新　你知道，人拿到一个很有意思的东西就会很难割舍。于是我们搞了一次剧本朗读，当时没有条件呈现在舞台上。朗读是在北师大，来了一些人。

陈丹青　是你安排的？

赵立新　对，是我导演，然后挑了几个演员。演员当时不是特别凑手，稍显仓促一些，我当时还在一个电视剧上，赶回来穿插空子，排了三四天。其实我更愿意把它当成一个再熟悉的过程，这个熟悉不是反复阅读，而是我在灯光下，在舞台上，有观演关系的条件下，看看是什么感觉。

陈丹青　有意思，有意思。

赵立新　这实际上是一个试探，不是一个成品。但是我那时候不管了，我就先把最直感的东西扔出来。你赞也好，骂也好，无所谓，我就是一个试探，知道什么地方不对。不对就是自己不舒服，别人可能也不舒服。那一场之后很多人问怎么只是读呢，也有很多人说只是读就已经感受到了强大的力量，有一个看不见的波在振荡过来。我觉得这个夸奖已经很高了，几个人坐在灯光下不动，拿着个演讲稿一样的东西，就形成一种波。

陈丹青　听的人是谁？

李　静　有一些鲁迅专家和戏剧圈的专家，比如王得后、钱理群、孙郁先生等，都来了。更多是微博报名的网友，还有在校大学生。

陈丹青　鲁迅专家们怎么说？

李　静　钱理群先生觉得这个戏是跟历史、跟现实复杂而尖锐的对话，很难排。王得后先生有一个观点是很开明的，他说你写鲁迅千万别老去问鲁迅专家对鲁迅的看法，你就爱怎么写怎么写。

赵立新　对，在一群专家的监视下什么也干不了。

陈丹青　你说有一个“波”过来是什么人说的？

赵立新　微博上有几个人，从外地赶来的，他们喜欢鲁迅，很有兴趣看鲁迅怎么拿话剧表现。而且这剧本只写鲁迅，又不是用故事穿起来，没有情节性，还这么尖锐。现场演员里，除了我年纪最大，另外几个就是小孩了，比较年轻，对“左联”毫无感觉，本来担心怎么出来这个劲，但他们感觉到了，很高兴。我觉得蛮好的，就想想怎么干这件事吧。

李　静　那天你个人的感受是什么？

赵立新　很累，特别的累。然后有点灰。

李　静　灰？

赵立新　进入角色以后有点虚脱。密度太大了。尤其当你明白它的时候。它不影响你写成文字，不影响你获奖，但是舞台呈现的时候可能需要手段，需要改变。就像彼得·布鲁克说的，戏剧是不能让人走神的。书过一会儿可以再拿起来，但是戏走了就走了。

陈丹青　剧本全部念下来是几个钟头？

李　静　两个多一点。

赵立新　排出来就会变了。

陈丹青　这是我为什么要问这个问题。就是：你没有考虑这个问题。我在看剧本的时候，觉得太长了，但我不断怀疑自己，当你一路说下来的时候，其实没这么长，而是在字面上显得很长，剧本给我的感觉是满了一点，虚的地方少了一些。

李　静　还是经验不够，急于说话，不过导演二度创作可能会有很多改动。我就负责把想表达的说出来，立新你就放手按你的念头去做。

赵立新　所以咱俩相互安慰，都别疯。

陈丹青　绝对值得一做。忘记鲁迅，排一个牛逼戏。

赵立新　这点我特别赞同。

陈丹青　你刚才说，如果排出来后大家都骂，你会很不舒服，要真是这样，你怎么办?

赵立新　没办法，如果真的骂我一点办法都没有。

陈丹青　骂有几种。一种是好情况：大家看了，其实在乎这个作品；还有呢，是骂出你没想到的意思，仔细想想，蛮有道理的，这就更好；还有一种就是乱骂——现在主要是乱骂，很离谱的骂。但这都不算最糟糕，最糟糕的情况是：没人来看，或者说，看了很漠然，也不骂，也不以为好，结果你完全没想到会是这样的反应。

赵立新　最有可能出现的就是刚才讲的是不是，像不像。这是中国观众最喜欢来评判的。

陈丹青　我相信持这种批评的人通常年纪比较大。他们只有一种思路，只有一种反应。一辈子被这么熏过来的。

赵立新　对，尤其是专家。

陈丹青　永远不要理专家。至于年轻人，比如说最近的《归来》，很多笑场，我是不会笑的，但年轻人会笑：我感兴趣这件事情。不是针对《归来》，而是所有的电影：他们为什么要笑？我特别有兴趣。

赵立新　就像前两天的《雷雨》，也笑场，杨立新就非常愤怒。就像我们刚刚提到的问题，一千个人排哈姆雷特就有一千个哈姆雷特，这还不一样。哈姆雷特可以演一千个，但是这老兄看不见的枷锁特别多，还有准备给你上的刑具特别多。我不知道是我自己阴暗还是什么，我感觉大家带善意来看的少。只要懂鲁迅或者认为懂鲁迅和清楚鲁迅的人，带善意的少。

陈丹青　现在还没演，我不知道。前面说的，都是好情况。我觉得最坏的结果，第一，不来看，第二，来了，看了，完全没感觉。

我前两天看了许鞍华的《黄金时代》，因为被叫过去参加民国电影讨论，和许鞍华有个对话，他们就约我内部先看。端木蕻良、萧军、萧红、聂绀弩，所有这干人，拍他们当年多么苦恼——年轻人要不要看？他们未必知道这些名字，80后很少有人知道萧红的，知道了，也没兴趣，而且三个钟头的电影。当然，没人不知道鲁迅，鲁迅是个怪圈。不过电影还是跟你们不一样，电影砸那么多钱，没人看就完了。我从来就很尊敬许鞍华的水准，《黄金时代》完全可以拍得一塌糊涂，但她拍得很好。汤唯演萧红，我不适应，但十分钟后我就接受了。萧军那个演员不对，太80后了，萧军的模样性格，不是那个意思——当然我也不认识萧军——但我觉得不是。不过，它已经最大限度再现了20世纪30年代，是我能在中国影像里看到的最准确的对那个时代的描述。能拍好民国质感的，一定是在台湾和香港，大陆拍不好的。

赵立新：回中国后我没演过一部中国戏，没导过一部中国话剧

李　静　陈老师这几年是不是也看过不少中国话剧？

陈丹青　我不应该评论话剧。看得不多，林兆华的看过几次，其他人艺的我也看过几部，孟京辉的只看过一部。我没看过立新的戏，错过了。

话剧是很奢侈的事情,这些年印象最深的两个话剧，都是中国人演的外国剧，一个应该也是梦剧、鬼剧，就是诺贝尔奖弄原子弹的三个人死了以后的事，《哥本哈根》,非常好,非常震撼。还有一个是上海两个演员来演的，法国的那个戏，《艺术》，也非常好。

赵立新　对了，李静的《大先生》将填补我的一项空白。回中国以来我没有演过一部中国戏，没有导过一部中国话剧。都骂我崇洋媚外。（笑）

李　静　我荣幸啊。

陈丹青　立新你觉得现在中国的话剧怎么样?

赵立新　不怎么样。我跟《枕头人》的制作人说过，没有想到我们的这部《枕头人》，这么特殊，所谓黑色的、血腥的戏，能够占领一周的小剧场全首都最高票房。这是一点水分没有的数据，可以调查的。为什么？我说你查一下，前五位大剧场的票房第一，一直保持了半年到一年，全是“开心麻花”系列。他们拼掉了所有大剧场的戏。它们甚至把小剧场也占了。开始是“翠花”系列，然后是“酸菜”系列，“麻花”系列。

陈丹青　听说有个《蒋公的面子》还不错？还有陈道明那个《喜剧的忧伤》？

李　静　都很不错。《喜剧的忧伤》更好，反讽又诙谐，人物都是活灵活现的。

陈丹青　遗憾，我没赶上看。

赵立新　我认为我们的《审查者》特别好看。我们前年演了一个《审查者》，英国的一个戏，就是一个电影审查员，专门把电影当中所有的黄色镜头、暴力镜头、反政府镜头剪掉，或者是批，让它上院线还是不允许上院线。突然有一天进来一个女的，丢给他一个带子，说我要上这个片子，结果看完以后黄色得一塌糊涂，里面除了性交就是性交，他总结了十秒钟，阴唇、阴道、阳具、肛交这些词不断出现，他说你这个就是一个黄片，我怎么播？错了，你没有看懂。你讲讲怎么才能懂？这个女的就开始讲，这个器官背后是要讲什么，这次做爱其实是之前发生了什么。这个小审查员的爱情已经遇到了七年之痒，他老婆有外遇，老婆又强大得不得了，明知道这个事情他也没法发作，外遇的对象还是他的好朋友。所以他的生活苦闷不堪。结果这个女人在解说黄片的同时让他产生了爱情的冲动。她的描述本身把他引向了伊甸园，然后他对这个女人本身就产生了强烈的冲动，不光是性的，也是情感的，事实证明在这个女人强大的感召下，他的肉体反而无力了。他就一下子发现他的生活里巨大的改变，他回到家开始觉得有兴趣，坐在那儿想，而不是每天到家吃饭、睡觉，而且跟他老婆讨论说你的外遇情况怎么办。他老婆说你不跟那个人见一面吗？他说不见了，现在不用见了。为什么不见了？不需要了，我觉得生活很好。他的老婆就感觉生活的变化，但是不知道具体是什么。

于是他就故意拿他的特权约这个女人不断地来谈这个片子，越谈越深入。但是那个女人突然消失了，他苦闷之际找不到这个女人，回到家又跟老婆一样生活。后来听说那个女的叫芳丹，在纽约的一家旅馆被人揍死了，他老婆说，我记得你不是讲她拿着一个黄片找你审查吗？

这个男人就不说话了，静默。他老婆就说，跟你说话呢，咱们总可以聊吧？大哭，这个男人就不可抑止地大哭。戏剧结束，就是这么一个英国戏。

三年前我演的这个戏，我们借学术交流的名义，挤进了南锣鼓巷戏剧节，所以就绕过了审查，因为一看“审查员”就很敏感了。我们第一场演了前十分钟的时候，舞台上，男人把一个泡腾片扔进水杯，他用很低沉的声音说：第十秒的时候出现了阴道，第十二秒的时候出现了阴唇，然后高潮，然后肛交……那个音乐起来的时候，观众席里一个老先生愤然地站起来：“什么东西，你们流氓！走！”一走还拉出一个老伴来。全场当时静了，我们停了两秒钟。那个女演员看着我，我说继续啊。

李　静　后来他们俩走了？

赵立新　走了。

李　静　可惜我看的是正常的一场。特别好，控制力特别棒，赵立新那就是“君临于剧场”。

李静：会有一道暖光穿越恐怖

陈丹青　刚才有个话题还想让你接着说，你后来朗读了剧本以后，是不是没有疑虑了，不后悔了？

赵立新　也还有疑虑，还有后悔，这是真话。我这么讲好了，因为我要做这个戏，首先必须得面对市场，但我现在的讲法与市场无关，我只讲我自己的感觉。我在想我到底要弄出一台什么样的鲁迅，我让这些人来看什么，我自己的要求是，我希望，如果说今天有鲁迅这样的一个人在我的旁边，我有没有可能跟他成为哥们。他能做朋友吗？你愿不愿意跟这样的人做哥们儿？

李　静　这个要问一下陈老师。

陈丹青　我不会有这个问题。

赵立新　那可能你太熟悉了，就是面对更多的人不太熟悉他，或者我们只知道横眉冷对和俯首甘为的鲁迅的话……

陈丹青　我对鲁迅的想象从来不是这样的。我也爱看他很黑暗的一面，那是很迷人的。我从小看他的书，很想认识他，而且我觉得我根本就认识他。他绝不是大家讲的那么冷，不近人情。他是我很熟悉的一个浙江亲戚。

赵立新　对，所以我就说和鲁迅交朋友。

陈丹青　鲁迅是妇人之仁。木心说他，就四个字：口剑腹蜜。他看得很透，可是一天到晚上当，稍微有人讲点软话他就相信了，让他做事，他就做，没完没了给人利用，很傻的一个人，把自己弄死拉倒。

李　静　不傻不干这种事。

陈丹青　他当然毒辣，很会说话。但实际上是很好很心软的人。

赵立新　是个厚道人。

陈丹青　鲁迅的好，不是这么说法。他很早就看穿：人太坏了。我现在越来越明白为什么他这么说。

赵立新　但是他绝不会坑人和害人。

陈丹青　鲁迅的好，不是不坑人不害人，不是这么说法。

赵立新　你觉得鲁迅是中国人里的异数吗？

陈丹青　这是容易说岔的话题，说到民族性上去。至少在他那代人当中，清末民初那代人，没人会像他那样预见到中国人会像今天这么坏。其他人多多少少往好里想，他一早就说那是扯淡，中国人不会好的，会越来越糟糕。他是唯一坚持这么说的人，而且不费力就说出来。

李　静　但是他也没有颓。沈从文说他：文章老辣，却可从中看得出天真的心情，还说他“懂世故而不学世故，不否认自己世故，却事事同世故异途”，挺到位的。

陈丹青　所以鲁迅牛逼啊！他有爱啊！他不冷的，他其实心肠太热，天天抽烟。有一次我看了许广平回忆，写到鲁迅还没有起床就先点一根烟抽，我告诉木心，木心马上说，我们下次去找他，对他说：鲁迅先生，你很热情！（笑）

李　静　立新，接着讲你的疑虑。

赵立新　我在排演的过程中知道，首先大量的演员已经熟悉了中国式的讲故事的方式，中国式的话剧的排演方式，尤其是对人物理解的习惯方式。我首先会觉得他们将面临一个很新的东西——这怎么弄啊？摸不着边。传统的人物小传，人物分析可以找到一个人的一鳞半爪才会有支点嘛，抓住那个拐棍才好走，抓不住的时候就麻烦了，就不知道怎么走。

自从我们俩定下这个事情以后，我其实一直在想这个事，因为我是一个完美主义者，我是处女座，我又是AB型，我又分裂，又要命，要把任何事情做到最极致，我在不停地想这个事。

有一天突然想一胖一瘦那两个角色设置，我突然觉得特别像一对相声演员，就是插科打诨的两个人："今儿我给大家说段相声吧，相声嘛，就是说学逗唱，坑蒙拐骗……"就是这种感觉。这种东西我逐渐把它梳理得要具体化，因为再喜欢梦境，再喜欢空间，你得走吧，这一步得迈下去吧，这一步老搁在云彩那儿不行吧。所以我脑袋里就像电影画面一样，出来哪一个画面衔接哪一个画面，呈现出来最后是什么样的鲁迅，是什么样的大先生。

我还是回到刚才说的，我希望大家能觉得，这个哥们不管是傻逼还是牛逼，我愿意跟他交朋友，他还是可以坐下来聊，能窥探到他生活，这个人的这一面。刚才陈老师讲了很多政府主流宣传的这些东西在这里淡掉了，出现了另外一堆东西，是新的。而我最终要达到自己的愿望，就是我必须要有极强极强的冲击力，不管是傻还是野心我一定要做，否则我就不做了。我觉得无论是刺痛你还是暖还是灼伤你，必须得有这个东西在。这是我要的，决不能温吞，完了大家都嘻嘻哈哈，说还行，说哦，你们做鲁迅了。不行。要么就破口大骂我，要么就说不上膜拜也得觉得“哇靠”，或者极度难受，生理上的别扭。这是我的梦想，要把这个梦想做出来。

李　静　这就是我写戏时候的追求。

陈丹青　李静对这个戏面世后有什么预期和想象？

李　静　预期……当然，我希望它能给人带来一点惊奇和震动，无论从精神内容还是戏剧形式上，都能给人一点浸入内心的东西。

陈丹青　你有没有想象它变成话剧会怎么样？

李　静　有想象，可能因为我比较喜欢陀思妥耶夫斯基，我想象的舞台效果是非常暗黑、神秘和神经质的，但暗黑之中，会有一道暖光穿越恐怖。不过剧作者的想象是一回事，舞台呈现是另一回事，它的样式最终是导演想象力的产物。

赵立新　陈老师你怎么预测，这个戏会引起什么样的反应？

陈丹青　不知道。第一，我没有想象力，也没写过剧本，所以会问她。我很佩服剧本写家，我相信，写电影和话剧剧本，有点类似计划书，因为真正实现作品，是在银幕上、舞台上。我也不太知道一个剧本作者与一个导演有多大的矛盾。如果作者太在乎剧本，可能会疯掉，因为真人在那儿演，完全两个事情。我没有这个经验，我想象不出。

第二，鲁迅是个难题，又是盲区。他是个太熟悉、太讨厌的符号。大家可能会觉得：怎么又是鲁迅啊？所以我想不出来。

我很期待，完全当它是斯特林堡的处理。但是我又怕……因为我多少看过一些国内的先锋实验剧，我怕太local。很多人对欧洲的现代艺术有点一厢情愿，他其实不很了解什么是现代艺术，什么是现代话剧，他假想自己在做现代艺术，现代戏剧，所谓现代戏剧，就是人在灯光下站着，沉默很久，然后突然“咵”地一下……我看过不少百老汇话剧，off broadway， 真的外国人的戏，对话我也不能全懂，但可以比啊，感觉不一样的。

现在我对你的期待，就是一个北欧来的演员，我暂时不把你当成中国本土的演员，看看你会做得怎么样。我不希望它变成中国式的假想的现代剧，但是，当然，我也不希望它真的变成一个外国剧。这个人物非常中国，非常民国，但又是李静的想象，她带着她那片黑暗，到你的舞台上来……

李　静　（对赵立新）变成你的一片黑暗。

赵立新　变成我的一片光明。

李　静　哈哈，你喜欢光明。

陈丹青　如果演到像《哥本哈根》那样——我看到后来简直毛骨悚然，完全入戏——那就太棒了。

李　静　我要替一个有野心的创作者说：会超越《哥本哈根》不止一米两米。（笑）

陈丹青　现在的艺术家同时惧怕两种后果：犯错误、没市场。

李　静　由鲁迅这部戏，我还想到一些别的事。现在大家都抱怨为什么中国戏剧界没有好作品，尤其是没有原创好作品，为什么现在的中国戏剧对现实没有态度，没有思考，之类之类的。不少名导给出了答案：原创没有好本子啊，所以我只好排国外经典啊。但我知道的事实是：即使原创本子有了，也没人愿意排啊；要排的话，也是困难重重、疑虑重重啊——政治考量，市场考量，缺演员，缺投资……说到底，是诚心创作的后起之辈缺少激励他、完成他的环境。青年编剧、导演、演员都面临这样的情况：要么新人接受把持资源的腕儿的盘剥，直到熬成了腕儿，再去盘剥别人；要么单打独斗，自生自灭去。于是不同代际的艺术家之间没有支援、切磋和共同成长，要么吃人，要么被吃，艺术传统也没有传承和发展，土层不厚，专业化程度越来越低。艺术前辈几乎没给新人留下什么遗产，每代人都是重新开始。为什么会这样？陈老师，您年轻时的情况是怎样的？国外的情况呢？新艺术家怎样成长起来？

陈丹青　你说的全是真的，画圈子也一模一样，其他圈子，都这样——不同代际的艺术家没有彼此的支援、切磋和共同成长，要么吃人，要么被吃，艺术传统也没有传承和发展，土层不厚，专业化程度越来越低。艺术前辈几乎没给新人留下什么遗产，每代人都是重新开始——80年代没人料到今天的局面。

不必了解国外新艺术家怎样成长。没用的，在这里行不通。我倒愿意做个危险的对比：“文革”时期，老中青艺术家的关系比今天好得多，也比今天的艺术家诚实。那些年代，艺术家只剩下诚实，并彼此扶助，在扶助中确认自己还是个艺术家；除了文艺宣传的政治任务，那时的艺术家没有各种机会，当你什么菜都不能做，也不知道还有其他菜，你会格外认真在乎，做那份唯一允许的菜，这就是样板戏至今可看的原因。

我会断然地说，艺术绝不该像那个时期：封闭、教条、狭隘，但我同样会断然地说，艺术绝不该像现在这样。

这是很难回答的话题。非常粗略地概括，“文革”时期的艺术家最怕犯错误，现在的艺术家，特别是影视和戏剧艺术家（文学与绘画的社会效应极有限）同时惧怕两种后果：犯错误、没市场。这两种后果的内因，则已合而为一。

前半个世纪社会主义文艺的“正面作用”，丧失了。那时没市场，没竞争，没讯息，影视话剧不必考虑票房，样板戏的受众，论万论亿。同时，意识形态源源不断提供激情，虽然是伪激情，但毕竟是激情，总之，封闭的文艺虽然可怜，却是自给自足的。

如今这一切没有了。艺术和艺术家被抛入一个假想的、半真实的“自由”空间，三十年内涌进的资本主义路数——票房、竞争、明星制、公司制、成本核算等等——被本土语境吸纳、收编、实施。国家承包文艺的时代，一去不返，但文艺仍然被管控，所谓市场，是被管控的文艺做成产品后，被允许面世的空间。

问题变得很简单：社会主义文艺的良性一面，没了，负面，完整保留，而且更奏效：每个导演、制片人、出版人都很清楚，一切被上层部门决定。而资本主义文艺的良性一面，从未真的出现：影视业和戏剧面对的市场，绝不是好莱坞市场，不是德国导演或英法导演的那个市场。

“文革”时期，文艺产品和市场需求是一体的，艺术家被指定的“创作”和早就被指定的“市场”，是一回事。三十年来，二者被分离，体制内外的艺术家似乎变成自主的群体和个体，自由的幻觉出现了，但所有影视戏剧仍然必须通过单一狭窄的出口，才可能流向庞大的市场；庞大的市场需求和利益，来自、并取决于狭窄单一的出口——这时，谁不愿吃与被吃？谁愿意和同行分饼？艺术家之间过去的精神关系只能变为利益关系。在利益关系面前，精神关系不堪一击，不值分文。

这才是眼下真正的规则与潜规则。它比“文革”时期奏效多了。每代人当然必须重新开始，不是从艺术开始，而是寻找、建立，并牢牢抓住权力关系。上辈的遗产是无用的。老演员，老导演，根本无法适应新的游戏规则，新人，则一开始就精通这些规则。

这也是为什么文艺在变得繁荣的同时，日益荒凉，在日益荒凉的同时，看去很繁荣。今日艺术家的机会，远远多于“文革”，但艺术的品质变得次要。中国的市场是被动的，无所作为的，不可能反馈并反激艺术。被圈定的出口一定对应被圈定的市场，二者都是被动的，被决定的，区别只是：如今可以有八百个样板戏。

李　静　立新，你在瑞典那么多年，新老戏剧人之间是怎样互动的呢？新剧作家的剧本如要被搬上舞台，是一个怎样的过程？

赵立新　他们不需要互动，因为他们一直在一起，我认识或是知道的老演员除了具备丰富的舞台经验以外，都有一颗年轻好动的心，因为那里不讲论资排辈。新剧本一般要么是在社会上有了影响，要么是经过有影响力的演员或是导演、剧评家的推荐，进入一个剧院的排演计划。

李　静　现在的创作环境不鼓励冒险，甚至扼杀冒险。如果一个剧作家想表达真实的思考，势必会触及“自由”的主题，“公正”的主题，“爱”的主题，等等，那么也势必会触及国家、社会、阶层、家庭、个人之间的权利关系、人性真相——人性就是在这样的大环境小环境里衍生和碰撞的嘛，而戏剧作为一种公共艺术，思考这些主题、审视这些关系和它们背后的人性，都是题中应有之义，这在任何一个国家都是如此。但我们这里的问题在于：文化管理者意识不到这一点，审查剧本和剧场时容易泛政治化和泛道德化，一旦感到某部戏“政治上有问题”或“道德上太三俗”，就会把它宣判死刑。长此下去，剧作家不再敢触碰本质性的东西，导演也不敢排这样的戏——谁也不想让投资人的钱打水漂啊，那么舞台上只能讲些“无害”的事，婚恋啊，怀旧啊，家长里短啊……或者排点外国戏。这样下去，对创造力伤害很大。有什么办法呢？

陈丹青　还是上面的问题。今日的导演和剧作家必须同时考虑审查方和市场，不可忤逆，“无害”的主题于是风行。“无害”，即是安全，即是利益。在审查方那里，在市场那里，你必须两头顾到，两头摆平。你想冒险么？去吧。我将上述的艺术家都看成冒险家，佩服极了。

赵立新　“文化管理者”，是个很暧昧的词，他们是谁？这个问题谈开去会很费笔墨，而且容易引出情绪就不谈了。我想说的是即使有这些规则可写的仍然很多，仍然可以生动有趣并且让人回味思考或震动亦或是像我爱外国剧本那样爱得发狂。但写话剧剧本的能发表出来且让人想排演并记住的，全中国来算，十个手指头都用不完！

李　静　如果这样的环境长期不变，艺术家怎么办？

赵立新　我的老套路：用国外现成的优秀作品，来影响渐渐生活好了、有了文化要求的百姓。

李　静　嗯，导演、演员这么做没问题，搞原创的可怎么提升艺术品质，自我成长呢？

陈丹青　放心。我们已不断“提升”，并“自我成长”——如今，包括长久的未来，“艺术”早已不是指作品，而是如何兼顾审查和市场的那么一种“艺术”。别挑剔作品的好坏高低，凡能面世的作品，那位作者就是精通这种“艺术”的艺术家，你和他们比比，尚属考前班水准。不过你已经很高明：选择鲁迅自己的一团黑暗，一团过去时态的黑暗，还算安全的。

李　静　借您吉言，但愿是“过去时态的黑暗”吧。

不过，在所谓“敏感区域”和鸡零狗碎家长里短之间，应该还有一个艺术上大有可为的地带——那就是有关“人性”的地带，是一座富矿，其实中国戏剧和其他文艺形式还没好好挖掘这个地带。挖下去，绝不只是家庭、职场、官场关系那点事，情感的、心理的、社会的、政治的、文化的、传统的、哲学的……等等维度盘根错节，最后都外化到个体的人性表现上。真正深入到个体人性层次，而不是停留在“社会关系”“家庭关系”这个层面，戏剧会是更个性化、更模糊神秘也更世界性的。但是因为长期的思维禁制，作家艺术家的情感和思想失去了自然、自在、自由的状态，因此即使有了半自由的空间，他们也没法“个人化”地思考和感知，反倒出现两极现象——艺术家要么正面冲突强攻，去做纯政治文本；要么觉得自己无能为力，彻底放弃对社会、历史、政治、文化的宏观审视，缩进鲁迅所说的“蜗牛庐”里，在社会生物学维度上创作，写与人类群体脱节的纯私人题材作品。其实，“个性”“人性”维度是连结私性与公共的中间环节，丰富浩瀚得很呀？

陈丹青　我非常希望真有所谓“纯私人题材”，非常希望能在所谓“私性”与“公共”之间，大家能栖息于你所描述的“中间地带”——大家早已在这么做着，做了好几十年。告诉我，在这片美好的“中间地带”，出了哪些“丰富浩瀚”“大有可为”的作品？

李　静　哈，我更愿意把您这话理解成一种面对现状的态度，而非一个结论。在这个大环境中，创作者自己真的没有一点空间和可能，做出好作品吗？我又忍不住引用木心先生了：一个人是可以在自己身上，克服他的时代的。他自己的作品就是证明。您也许要说他是民国人……可现在，中国人获取精神营养的渠道也几乎跟世界同步了——只要我们想。所以关键还在艺术家自己，尽可能对异化自己的环境保持警惕和拒绝，尽可能克服自我之内的不健全不自由不真实。您看，即使连国产电视剧，不是也有您想夸一夸的吗？您最近看什么啦？

陈丹青　最近我看了张黎导演的连续剧《大明王朝 1566》，太好看了——咱赵立新就在里头演一位明代的商人，最后把自己点火烧死了——比张黎的《走向共和》更好。2007 年，这部剧才播了一遍，就被雪藏了。我认为雪藏得对：作者深度刻画海瑞，作者没忘记海瑞是“文革”的导火索。为了防止再一次“文革”，应该雪藏！

残稿

盛　宴

【 空舞台。鲁迅和美丽的女心理医生面对观众坐着，中间隔了一张长长的餐桌。女心理医生不说话。

鲁迅　（灯光开始变化，渐变成另一空间）我需要一张长餐桌，这张就够了，桌上要几盘小菜，五杯红酒。还要五把椅子。（检场搬上来五把椅子，放在餐桌后，空盘和酒杯亦端上，放于餐桌之上。）需要五个男演员，分别扮演“王”“官”“学者”“富商”“刽子手”。（五个男演员陆续上场，坐在五把椅子上。王居中，由上一场的神秘来客扮演，刽子手由上一场的何作家扮演，学者由瘦子扮演，富商由胖子扮演，官由上一场的李秉中扮演。）需要两个男演员，扮杀气腾腾的士兵，站在五人身后。（两个执戟的士兵上）

还需要一个极矮的木笼，笼子里蹲坐着一个男的穷人，他的女人，他们六岁的孩子，他们每个人都在用砂轮打磨着木块，这是一种毫无意义的工作，它唯一的意义就是消耗他们那看不见意义的生命。（木笼被抬上，穷人、女人、孩子钻在笼子里，用砂轮磨木块。）最后，还需要一个御厨，我自己来扮演。好了，演出可以开始了。（鲁迅扮演的御厨站在王的身后。女心理医生下。灯光彻底转换色彩，变成一场"王的盛宴"。）

王　（忧郁地）我虽然贵为至尊，却有一样心愿永远不能满足。

官　陛下，什么心愿？如果这世上还有您不能满足的心愿，那是我们为臣的罪过。

王　（摇头）这是不能说的，说出来就是我错。

学者　陛下，作为学者，我不能不指出您只有一个时候是错的：那就是您认为自己是错的的时候。为了宇宙秩序的正常化，您必须排除这个错误。

王　那，我就说了？

官、学者、富商、刽子手　（齐声）求求您，说吧！

王　（羞答答地叹息）唉，人类的好奇心是无止境的。最近，我很好奇婴儿肉的滋味，但满足这种好奇心是人类的伦理所不能允许的。

学者　关于这一点，陛下不必担心。人类伦理只适用于普通大众，伟人和强者却不能受此约束，相反，他们是立法者，法度要随他们的需要而调整，否则，人类就将永远无法进步。再者说，吃人肉是我们古已有之的文化传统，他们外国人是不能说三道四的。

王　哦？敢请教一二？

学者　春秋时候，齐桓公的宠臣易牙，就把他襁褓中的儿子蒸了献给齐桓公吃。（御厨下）南宋时候兵荒马乱的，这种文化就从宫廷走向了民间，国人的食物资源得以极大拓展，山东、京西、淮南的人肉价，比猪狗还便宜。一枚肥壮的成人十五千个铜钱就可以买到，用熏腊法保存，够吃个把月的。关于这种人肉粮食，当时还有明晰的分类：老瘦男子叫“饶把火”，妇女儿童叫“不羡羊”，小孩叫“和骨烂”，这些人通称为“两脚羊”。哎，两脚羊哎，只要把人改叫“羊”，吃它就没问题了！所以孔子说：必也，正名乎！就是这个道理！因此陛下，有我们辉煌的传统文化作底，您还顾虑什么呢？

官、富商、刽子手　（齐声）学者果然渊博！

王　嗯，有道理。（陷入沉思）显然，官儿的孩子不能吃，大伙儿还得一起干事业呢，情理还是要讲的。在我们这个国家，情理必须高于法理，这是我们的优秀传统……那只好吃百姓的咯，可是他们一定不乐意。

剑子手　不乐意，那就杀！看他们敢！

官　（瞧不上他那个咋呼劲儿）您是不是含蓄一点比较好？不必把您的职业时刻挂在脸上。

王　（息事宁人地对刽子手）啊，众爱卿，大家今日难得一聚，就请刽子手爱卿讲讲从业心得如何？趁酒菜还未上桌，咱们先开开胃。

刽子手　遵旨。（起身，踱步，进入陶醉的演讲状态）作为执行死刑的专业人士……

学者　国家一级刽子手。

官　合法的杀人犯。

富商　死亡批发商。

刽子手　（不高兴被打断，重新收拾心情）作为执行死刑的专业人士，从业多年，我感到没有任何国家能像我国的死刑这么丰富，这么灿烂，这么富有想象力，这么……博大精深。随便举点例子，就有凌迟、腰斩、烹煮、车裂、俱五刑等十七八种，但是最博大精深的，却是剥皮。

王　（优雅地吃着）怎么剥呢？很遗憾，寡人朝政繁忙，一直没有机会亲临盛事。

刽子手　（像一个敬业的能工巧匠那样痴迷）陛下知道，一个优秀的剥皮者，必须得保证能将犯人的皮一刀到底，完整无损，像小鸟的翅膀一样完美无缺地展开在躯干的两侧，且须保证他两三天内不死——以给他充分的时间痛悔自己的犯上作乱，以教育广大百姓不要重蹈其覆辙。如果个别罪犯在咽气之前对围观群众说："千万不要学我！"那么我们的教育目的就达到了，当然也有个别死不改悔的，剥了皮之后还骂个不停，那我就要锦上添花，加以割舌之刑。这些刑罚的可观赏性极强，常令广大百姓激动不已，我们也干得很起劲。假如剥皮的过程中犯人当场死亡，就不会收到这么强烈的效果，那么按照规矩，我们剥皮者也会成为被剥者。因此，微臣的行业，是个高风险、高难度却未必有高回报的行业，如果本行业的待遇能蒙圣恩再提高一下下，社会治安一定会得到极大的改善。

王　好，昭告全国，普通刽子手工资涨三级，刽子手领导的工资涨三十级！领导和普通刽子手的档次要拉开，普通刽子手和群众的档次也要拉开！

士兵甲　是。（下，片刻复返）

刽子手　谢主隆恩！顺便禀告陛下一个秘密：关于人体的观察和解剖，我国自古以来都是刽子手比医生的实战经验更丰富。如果有人想从我国医书的五脏图中了解人体，那无异于缘木求鱼，他要是据此动手术割错了东西，那不能怪人家医书，要怪他自己——因为他不了解我国的历史和国情，不知道解剖学的最高成就该到哪个领域去找。微臣为能成为解剖学科的技术精英而深感自豪！（众鼓掌，刽子手谦虚地四下鞠躬）假如每个大夫都能配备一个刽子手，那么我国一定能成为零医疗事故的国家！（众鼓掌）傲然屹立于世界民族之林！（众鼓掌）这是微臣对陛下的另一个建议。（鞠躬）

王　好，可以采纳。

富商　（手机响，离座）喂，我正要找你，赶紧收购一岁以内的男婴女婴各五十枚，越快越好，要不就有人抢先了。废话，当然要活的！冷冻的味儿能好吗？多难你都得给我办到！今年的利润全指着它了！这是商业机密，不许外传！要不是哥跟圣上关系好，消息哪能这么灵通！

【 御厨举大托盘上。

御厨　陛下，这是微臣的独子，不到一岁，清蒸的，为了味儿正没放太多作料，希望您能喜欢。

王　（惊喜，龙颜大悦）难得你有心，动作这么快！（看盘内，收敛了笑容）哟，这孩子的表情不大好，像是在哭呢。

富商　（看，火上浇油）可不是么。

御厨　（魂飞魄散，急中生智）启禀圣上，是这样：孩子上屉前，想到此生还未能得见龙颜，不免潸然泪下。

王　那，你该把他带来先让我看看，再蒸。

御厨　（低头）是，微臣想得不够周到，未敢打扰圣上的工作。

王　（宽宏大量地）不知者不怪。（拿刀切下一片，御厨欲呕，其余四人垂涎欲滴地看着。二卫兵艳羡不已。笼内三人无知无觉地磨木块。王咀嚼着，满意地）很嫩，果然不同凡响。来，众位爱卿都尝尝。（给其余四人倒酒）请你们喝下杯中酒，它是众生之血酿就的，大补。

官、学者、富商、刽子手　（碰杯）谢陛下！您是我们永恒的恩主！

（定型片刻，切割婴儿，大嚼。）

御厨　（悲哀地对观众）自己的孩子成为别人的盘中餐，这种滋味谁能体会？世间的痛苦，莫过于此。（偷偷看了王们一眼，恨恨地）吃！你们吃！总有一天，我要让你们不得好死！（停顿）可，是谁听见了圣上的叹息，就迫不及待地活蒸了自己的儿子而对他在蒸笼里撕心裂肺的哭喊充耳不闻？是我。有谁强迫我这样做么？没有。看起来没有。我的水灵灵的儿子，爸爸的手上还残留着你的奶香，你的瞳仁里还映着爸爸扭曲的面孔，你刚才还在妈妈的臂弯儿里对着爸爸笑呢，怎会想到转眼就被他放进了蒸笼里？（停顿）孩子，你还小，这世上的事你还不懂。倾其所有地满足圣上，已成为爸爸下意识的习惯，如果不这样做，爸爸就会感到害怕。万一哪天爸爸的竞争对手对圣上说：您那天之所以没尝到婴儿肉，是因为您的御厨吝惜了自己的儿子！我该如何自保呢？说这是人之常情？说我有权利拥有我的儿子？孩子，错了！在这块土地上，如果你不是圣上，你就没有权利拥有任何东西。你的责任，就是随时被圣上和他的亲信们征用。身为御厨，身为全部身家全部未来都掌握在圣上手里的御厨，身为日日夜夜都想摆脱这卑贱的地位而梦想有朝一日也掌管别人命运的御厨，爸爸是不是有责任满足圣上一时的口腹之欲，来换取全家未来的安全与前途呢？嗯？孩子？一个亲生儿子兑换一个无限可能的未来，这笔买卖值不值？（扭曲地笑）要是换了你，你觉得值不值？等你长大了，你一定会和爸爸一样，说：值。（停顿）不错，儿子，你是爸爸的一块心头肉，可只要爸爸硬起了心，你也就只是一块肉。（冷酷地）爸爸还能生，不愁有更多的肉。儿子，在这个没有目的、没有承诺的世界上，一个人归根结底也就是一块肉；它不是什么宇宙的精华、万物的灵长，它没有任何意义和特殊性，对它你什么都可以做。如果你成功，你就是吃别的肉的一块肉。如果你失败，你就是被别的肉吃的一块肉。一切公平合理。（停顿，谛听）什么？你说灵魂？（摇头）

孩子，没有灵魂，不要相信灵魂这回事。灵魂使人软弱，而肉体使人坚强。灵魂使人害怕“永恒”的惩罚，肉体却能使人获得无所顾忌的自由，真正地活在尘世上！……肉体万岁！（含泪）我的儿子，万岁！

王　（吃，对御厨）爱卿，你太忠心了，我好感动。我一定要好好回报你！（指着官的座位）来，坐到我身边来。

官　我呢？

王　你和他对调，去体会一下厨子的艰辛。

官　是。（对观众）幸亏我为官多年，攒下不少资源。哪像这个笨蛋，还得宰了自己的儿子献媚！你们等着，过不了几天，我还会坐在这把椅子上。（站在原来御厨的位置，御厨落座。）

王　（吃，心不在焉地）说吧，还有什么要求？寡人都会满足你。（对观众）一个连亲生儿子都舍得出的奴才，还有什么事干不出来？这种可怕的忠诚，里面包藏着多少贪婪和叵测！可我必须给他足够的回报，让他一心扑在攫取的快乐里忘却耻辱和伤痛，否则，谁还能为我卖命？

御厨　陛下，求您赐臣一件小小的礼物。

王　爱卿请讲。

御厨　（指笼子里的孩子）请把那个孩子赐给微臣，让臣也尝尝（咽唾沫）……这种食物的滋味。

【 众人把目光投向孩子。

王　好，没问题。

孩子、穷人、女人　（同声）不！

王　（震惊地）是谁在说“不”？在我的国土上，怎么会有这奇怪的声音？

学者　这是扰乱宇宙秩序的声音。

富商　无能的声音。

刽子手　有人的脖子痒痒了。（起身，打开笼子，把孩子拎走。）

穷人夫妻　孩子！我的孩子！谁能救救他！谁能救救他呀！（从笼内爬出，追，被刽子手踹倒，士兵拖二人下。）

【 暗场。

起　殇

【 舞台后壁投影是一片荒漠。沙丘连绵起伏，偶有几株干瘦的植物点缀其间。远方，沙土如人的皮肤，龟裂的纹路渗出血色。

【 薄暮。绍兴乡村戏台前。台上激越的锣鼓声响，是绍剧《目连救母记》的开场“起殇”，这是招横死者的冤魂前来看戏的段落。戏子扮好鬼王，蓝面鳞纹，手执钢叉，威武地出来。台下有孩子、村民若干人仰头看，鼓掌叫好。晚年鲁迅坐在藤椅上吸烟，远远地旁观。

鬼王　（唱）呀！看红尘万丈，闻饭菜酒香，鬼王我忍不住凡心动，忍不住把声色想。你看这些凡人，也算图报知恩，过节唱戏给俺鬼神看，叨光也自个儿贪欢，慰他一年的愁烦。

众村民　（合唱）过节唱戏给鬼神看，叨光也自个儿贪欢，慰我一年的愁烦。

鬼王　（念白）佛祖他讲慈悲，鬼王我讲义气。想那荒郊的孤魂，战死的烧死的淹死的饿死的被官冤死的被虎咬死的野鬼呀，一年到头飘飘荡荡，没甚趣味，鬼王我今晚欲邀他们前来，一同看戏乐乐，你们凡人觉得，这可使得？

众村民　使得！使得！

鬼王　（念白）啊，既然使得，本王现需十名义勇鬼卒，随同前往无主孤坟，谁愿同去？

【 台下陆续有九个十二三岁的乡村少年跳上台去。

少年甲　我！

少年乙　我愿意！

少年丙　带上我！

鬼王　啊，你们愿意去招什么鬼前来看戏？

少年丁　我愿去招火烧鬼！

少年戊　我愿去招科场鬼！

少年己　我愿去招淹死鬼！

少年庚　我愿去招战死鬼！

……

【 上台的孩子脸上被划上几笔彩色，手上被交与钢叉。

鬼王　（念白）还差一个，谁愿同往？

【十二岁的樟寿（即鲁迅）穿着小马褂跳上台去。

樟寿　我愿意去！

鬼王　（嬉皮笑脸地念白）啊周家少爷，你和野孩子混在一处装神弄鬼，不怕你娘知道，回家打你屁股么？

樟寿　（小声）鬼王大叔别嚷嚷，要不非有人去我娘那告状不可！快给我画脸！

鬼王　（念白）啊好好好！（给樟寿画脸）你想去招什么鬼？

樟寿　我想去招……没人肯招的鬼！

鬼王　啊，阎王保佑，你这娃娃心肠不坏！（给樟寿画完脸，对众念白）众鬼卒听了：你们看（指台下），台下有十匹骏马，你们每人骑上一匹，跟着本王到荒郊野外无主孤坟之处，绕马三圈，下马大叫，将钢叉用力连连刺在坟上，再拔叉驰回，上了前台，一同大叫“哇呀呀”，将叉一掷，钉在台板之上，你们可就大功告成！听明白了？

众鬼卒　（欢喜地）听明白了！

鬼王　随我来！

【众鬼卒跟鬼王下戏台，欢叫着绕众村民疾走，作走马状，渐渐只有动作，没有声音。戏台消失。村民如泥塑一般静止不动。

鲁迅　（坐在藤椅里，遥看他们，对观众）我恐怕是老了。闭上眼睛，就看见小时候的事，看见我十二三岁时，在绍兴乡下的外婆家看社戏，扮鬼卒……那不是一般的鬼卒，是义勇鬼——真的骑上马，陪戏子扮的鬼王到野外的荒坟去，招呼横死的怨鬼们前来看戏……义勇鬼有人情，讲义气，我至今很以扮过他为荣。（嘲谑地）自然，这种话不合科学，也不够革命，敢请“前进”的文学家和“战斗”的勇士们，听了不要十分生气罢。（吸烟，冷冷地）我真怕你们要变呆鸟。

【鲁迅下。鬼王带领众鬼卒来到荒坟，他将叉刺在坟上又“走马”离开，众鬼卒动作随之。

鬼王　呀，你们这些饿死鬼，淹死鬼，烧死鬼，战死鬼，被欺的被冤的被瞒的被骗的求告无门心灰意冷的吊死鬼呀！

众鬼卒　出来要要！跟我走！出来要要！跟我走！

【静止的村民们脱掉外衣，露出褴褛的野鬼装扮。

鬼王　（对众野鬼，念白）神有神的麻烦，人有人的凄楚，莫以为只有咱们鬼苦！今宵是好时辰，人间孝敬咱一出《目连救母》。欢天喜地随咱看戏去，切莫寻仇报复！世间事本就冤无头来债无主！

【众野鬼兀立不动。

鬼王　（念白）啊死鬼！还记着前世的冤仇么？若如此，那人间便连这点孝敬也没有了！

【众野鬼依然不动。

鬼王　（念白）啊死鬼，你们若不领情，那有钱人就要带了家丁，扛了锄镐，平了你们的荒坟，盖上他们的豪宅了！到那时，你们更是无处容身了！

【众野鬼发出哀鸣，然后移动，边走边说，彼此漠不关心。

野鬼一　已是最贱的鬼了，还有啥可怕……

野鬼二　寻我仇人去，吃了他的心，扒了他的肝，啃了他的肉，剔了他的骨……

野鬼三　不要报复，不要报复……

野鬼四　不敢报复的鬼，才是最贱的鬼……

野鬼五　我仇人死了一百年，那死鬼和我不在一个地界……

野鬼六　活着当官，死了还当官……

野鬼七　活着欺咱，死了还欺咱……

野鬼八　没天理，没公道……

野鬼九　哼！他们的子孙还在！

野鬼十　子孙应该受报应，就在今儿晚上！

众野鬼　对！子孙应该受报应！就在今儿晚上！

【　众野鬼沸腾。面无表情的黄衣幽灵滚着骨环上。他是个年富力强的中年鬼，他的衣服黄色是皇家常用的黄，他的滚骨环方式与民间男孩子们滚铁环游戏相同，只是材质大异——环乃人骨所制，手杆也是骨节状的，手握之柄乃是一个小骷髅头。

黄衣幽灵　（举起手杆，露出顶端的骷髅）闭嘴，你们！

【　众野鬼无声。

黄衣幽灵　（念白）天有十日，人分十等。

【 众野鬼的身体矮了下去。

黄衣幽灵 （念白）可谁在哪一等上，也不是万古不变。

【 有的野鬼站直了，伸着脖子听。

黄衣幽灵 （念白）虽然你们做了最贱的鬼，却可能投胎帝王家。

众野鬼 （渴望地）啊？

黄衣幽灵 （念白）究竟会投生到哪，要看你在阴间的表现。

众野鬼 唔？

黄衣幽灵 （念白）那些互不往来、老实本分的，才是上佳人选。

众野鬼 哦！

黄衣幽灵 （念白）那些相互串通、犯上作乱的，只能投生猪狗，任人杀，随人骗！

众野鬼 呀！

黄衣幽灵 （念白）那些非礼不视、非礼不听的，来生富贵平安。

众野鬼 哇！

黄衣幽灵 （念白）那些胡思乱想、胡说八道的，只能投生呆傻，千人踏，万人嫌！

众野鬼 呜！

黄衣幽灵　（念白）你们把这些都想明白了，就能苦中作乐，舒舒坦坦。

众野鬼　（点头）嗯。

黄衣幽灵　（念白）把这套规矩带到人间去，包你们兴旺发达，子孙千万！

众野鬼　哈！

黄衣幽灵　（念白）冤仇宜解不宜结，忘了过去的不平吧！

众野鬼　嗻！

黄衣幽灵　（念白）人生得意须尽欢，随鬼王看戏去吧！

众野鬼　（低头俯伏）是！

【　黄衣幽灵滚着骨环从台左悠然下场。众野鬼随着鬼王和义勇鬼疾走，从台右下场。只剩下樟寿呆立在那里。身后，走来了八岁的二弟櫆寿（周作人）。

櫆寿　哥？

樟寿　（失神地）哎，櫆寿。

櫆寿　怎没和他们一起走？

樟寿　（郁郁地）这出戏……和我原想的不一样。

櫆寿　不好玩？

樟寿　（悲伤地）不好玩。

櫆寿　那，你带我回家吧？

樟寿　（寥落地拉起櫆寿的手）走，回家。

【收光。

兄　弟

【 70多岁的周作人坐在书桌前，翻译《路吉弩阿斯对话录》。传来呼喊革命口号的喇叭声。鲁迅在他对面坐了下来。但他似乎不感到奇怪。

周作人　大哥，你来了。

鲁迅　嗯。

周作人　怎么样？

鲁迅　什么？

周作人　你感觉怎么样？对咱们的新世界？

鲁迅　（痛苦地沉默了会儿，看着桌上）牛肉脯味道不错吧。

周作人　还好。香港的鲍耀明寄来的。我馋，顾不得什么脸面，就跟他去信要。

【 鲁迅沉默。

周作人　你还记得1922年那两个宣言吗？

【鲁迅摇头。

周作人　我和钱玄同联署《主张信教自由者的宣言》，反对蔡元培、陈独秀、李大钊的《非宗教大同盟公电及宣言》，你记得吗？

【鲁迅点头。

周作人　从那时起，中国思想界的压迫就开始了，政府没来得及做的事，人民自己凭了社会势力来做——那就是取缔多种多样的思想。可是对此你并没有警觉，似乎它并不要紧。

鲁迅　那时我以为，我们还有更紧迫的事要做——反抗国人的奴隶性，而信仰宗教对这个目标是有害的。

周作人　其实呢，信仰上帝的宗教并不会培养奴隶，反倒是像信仰上帝一样地信仰某个人，会成为不折不扣的奴隶。好吧，现在的确没有任何一种宗教了，但是你看，奴隶更多还是更少了？（停顿）其实，那时我也有自己的乌托邦呢。那是一个花的国度。每朵花顺着自己的意志开。我最爱那种说古希腊语、没个正经、非圣无法的花。

鲁迅　那时，你种花，听不到花园外的号泣吗？

周作人　世间总会有人号泣，但是每朵花只有一季。

鲁迅　一个人的生命也只有一次。

周作人　但是和文明之花相比，人的生命不值一文。如果你问我：是翻译完《路吉弩阿斯对话录》就死，还是多活一百年之后再死？我会毫不犹豫地选择前者。

鲁迅　但是如果让你在翻译《路吉弩阿斯对话录》和阻止别人的死之间做一选择呢？

周作人　没有这种选择。那只是你道义强迫症的杜撰。你就是在这种强迫症的驱使下，成了一个斗争和反抗的狂人。你不理解，为了花之国度的到来，尊重既有秩序是必要的，在此秩序之下的渐变才是合乎理性的。

鲁迅　渐变……你和胡适之都迷信渐变。可是在等待渐变的过程中，还有多少人会死在屠刀下！我忍受不了这等待。我忍受不了人与人之间的隔绝，连自己的手都不能感知自己的足！忍受不了，一个个弱小的人无声无息地死去……这样的世界存在一天，我都是有罪的。为了一个清白世界的到来，我不惜摧毁世间的一切压迫物，即便那是精美的事物。因为它不义。没有无代价的胜利。精美之物的毁灭即是这代价的一部分。我自己的死灭也是这代价的一部分。

周作人　可你知道，你没有死灭，你不朽了。

鲁迅　这是我最大的悲哀。

周作人　还有更大的悲哀呢。精美的事物都毁掉了，新的好东西却没有长出来。你……没有想过你对此负有责任？

鲁迅　唔？

周作人　无论你的初衷多么高尚，结果毕竟是——你站在了毁灭者的一边。你曾为毁灭者开辟道路。

鲁迅　……

周作人　你为了劳工阶级未来的生活更好，更自由，可是你给他们留下什么样的文化呢？

鲁迅　他们需要先活下来，有饭吃，能生存，然后他们自会创造一种文化。

周作人　但是他们将没有自由的思想。没有自由的生命有价值么？

鲁迅　那你的意思是：他们压根不该存在，不该活着。

周作人　我没有这个意思。我希望他们活得好。但是我无法容忍思想被强迫地统一。

鲁迅　等劳工阶级都成为知识阶级时，自会懂得好坏。

周作人　恐怕到他们成为知识阶级的时候，他们已不知何为精致优美的东西了。我为了文化本身可以舍弃生命，你为了生命——被侮辱和被损害者的生命，可以舍弃文化。这是我们最根本的分歧。

血　绳

【灯光和场景变幻。周作人和羽太信子看起来很年轻，他俩好像走进了一个大院子。一些人在坐着晒太阳。鲁迅坐在椅子上，拣起地上一根血红的粗绳，继续揉搓，编织。

周作人　一路玩得好累啊！总算回来了！（张望四周，对鲁迅感激地）大哥，这个大院子是你买的，你收拾的。你给我们和孩子留了最好的房间！也给娘和大嫂留了最好的房间！还给建人、芳子和孩子们留了最好的房间！连仆役们住的房间都比你的舒服！你住最差的，靠着过道儿，冬冷夏热，像个苦行僧似的坐在里头忙啊忙……

羽太信子　大哥，作人游山玩水时都在牵挂着你！他离不开你！他老说：爹娘给了我生命，大哥给了我灵魂，是他让我明白什么是人，什么是奴隶，人得活得像个人，还得帮奴隶们变成人……诸如此类许多难懂的傻话……只有一句是好懂的：（模仿周作人）我一辈子都不和大哥分离！我要跟着他，就像……

周作人　狗跟着骨头，苍蝇跟着粪！

羽太信子　坏家伙，你才不是这么讲的……

鲁迅　呵呵，这话他说得出，这才是我的二弟。（把粗粗的红绳索递给他俩）来，试试看，结实么？

羽太信子　（接过，烫得扔在地下）好烫！

周作人　信子，你真娇气！（也被烫到，但忍住）嗯，是挺……热乎的。

鲁迅　真的热么？我自己竟不觉得。

羽太信子　热得像烙铁……哎大哥，你手上很多血！

鲁迅　没有血，这绳子怎会热呢？（继续编绳子）我要赶紧编，用它的时候马上就要到了。作人，这些钱，你出去买些粗棉线来，不要太贵，要多。

周作人　（懵懂地）哎……做什么用呢？

鲁迅　编绳子，越长越好，越长，围住的地面越大，能进来的人越多，那两个凶神越没办法……

羽太信子　（看不见，困惑地）凶神？

周作人　（似有所见）可你流的血越多，你的血……够么？

鲁迅　唔，有时的确觉得我的血不够了，我要喝些血。但血在哪里呢？我不愿意喝无论谁的血。我只得喝些水，来补充我的血。我倒也并不感到有什么不足，只是我的力气太稀薄了，许是血里面太多水的缘故罢……血里太多水，绳子就不够热，我怕就挡不住那凶神了……

羽太信子　哪有什么凶神……

周作人　大哥，你什么都要背起来，让我们这些受你好处的人，怎么感激呢？

鲁迅　过你们的生活，不要感激。

周作人　可你流了这么多血，还不喝别人的血……大哥！也许你可以喝点别的血！我也可以……

鲁迅　野兽的么？不，再没力气，我也不要兽血混到我的血里，就像别人曾经干过的那样……喝了兽血，就会喝人血，那最初为什么要献出自己的血呢？为了赚利息么？

周作人　可你的血，总会流干的。

鲁迅　总会有人接下去，只要每个人肯献出来一点点……（期待地望着周作人）

周作人　我吗？不不，我怕血，我头晕……大哥，你没想过去血库么？

鲁迅　血库？

周作人　据说，西边有个望不到头的血库，凡想救助人的，只消到那儿舀一杯血，喝下去，他就会有使不完的力气，发不完的热……大哥，也许我们可以去那儿试试，也许喝了那儿的血，我就敢流自己的血了……

鲁迅　你以为自己不敢做的事情，靠了什么血库就敢做了么？

周作人　也许罢，人总只有人的力量……

鲁迅　除了人的力量，我们还能有什么呢？

周作人　（摇头）说不清，但我总觉得，只信靠人自己，会出大错……

羽太信子　（摸了下周作人的额头）你发烧么？你们都发烧了么？我简直不知你们在说什么。

鲁迅　就算是发烧了罢。作人，快去买些粗棉线来，越多越好，否则就来不及了。

周作人　好罢，我这就去……

羽太信子　还是我去吧！

鲁迅　你？

羽太信子　粗棉线多难看！买就买五颜六色的丝线，我来织丝绸，织布料，给你们做各式漂亮衣裳！你们等着！（拿钱欲下）

鲁迅　等等！信子。

羽太信子　怎么？

鲁迅　现在顶需要的，是编绳索。因为灾祸就快来了，救命要紧。（在鲁迅的主观视像中，饥馑之神和隔膜之神在抢夺人们。惊叫声。但观众看不到任何异动，因此他的言语举止显得非常神经质。突然地）他们来了！（紧张地冲过去，红绳索挡在胸前）站住！不许靠近他们！

羽太信子　（茫然地）大哥怎么了？

周作人　他看见了什么。

羽太信子　什么也没有啊……

【 鲁迅母鸡护小鸡般张开双臂护住二弟夫妇。

鲁迅　走开！这是我的兄弟，我的姊妹，你们休想碰他们一根毫毛！

【 他似乎在听对方说着什么。

鲁迅　（作决斗状）吃我罢，假如你能赢我的话。

【 似乎有对方在说着什么。

鲁迅　不可能，我们不可能分离。我们是手足兄弟。

【 鲁迅似见到饥馑之神和隔膜之神在走近他们，遂用红绳索将自己和周作人、羽太信子以及台上所有人圈在一起，把二神隔在外面。鲁迅似与他们冲撞。

鲁迅　是什么让这绳子这么烫？哼，它是一种你们不会了解、也不相信的东西。足以打败你们的东西。（抚摸红绳，陷入沉思）弟兄姊妹们，所有孤苦、受冻的人，都来吧！住在我的血划定的王国里，愿你们都能感到暖和、安慰……

【鲁迅感到二神正在冲撞他围起来的圈子，赶紧将绳索收紧，人们被紧箍在他周围。

羽太信子　勒死我了！作人！快救我！我受不了了！

周作人　我也闷得很！（对鲁迅）大哥，我们不要挨得这么近好不好？总得有点私人空间罢……

鲁迅　私人空间……都什么时候了你还要私人空间？凶神们血口大开，就要吃掉我们了！绝不能让他们得逞！绝不能！我们得抱成一团，继续编绳子，（亮开胸膛，一刀划开，血殷红一片）蘸上我的血！——把他们拦在外面！快编！绳子越长越好！饿死他们！饿死他们，我们就得救了！

周作人　（对二神似有所见）我闻见了血腥味。好像有两个影子飘过。一个让人饥饿，一个叫人冷漠。幸运的人永远也见不到他们，不幸的人，时刻和他们碰面……

鲁迅　你总算看见了，一起编绳子罢。

周作人　（坐在地下，编绳子）好的，大哥。

羽太信子　作人！

周作人　嗯？

羽太信子　我要出去！我要买丝线！我要织绸子织布料我要做漂亮衣裳！我讨厌大伙儿挤在一起臭烘烘的！

周作人　这……

羽太信子　（温柔地）我要自由自在的生活……

周作人　自由自在的生活……

鲁迅　作人？快编绳子罢，想想多少人在等着我们，等我们帮他逃离凶神……

周作人　（举目四望，只见绳圈内的人们在强烈的追光下，圈外一无所有）凶神？哪有什么凶神……

鲁迅　（抬头，似见二神猛攻，收紧绳子，众人又挤作一团，惊叫）就在身边哪，二弟！

羽太信子　我受够了！什么都要一律！都要为了躲避什么子虚乌有的凶神挤作一团！我宁可被凶神吃掉！我宁可被凶神吃掉也不要过这种你看我我看你的生活！

周作人　信子……

羽太信子　作人！你到底跟他编那根见鬼的绳子还是跟我走？

周作人　信子，我怎么能让你一个人……可是大哥的血，我不能辜负大哥的血……

鲁迅　作人，我的血并不要紧，要紧的是，我们所有人因此能抱在一起，不隔膜，相关心……

周作人　抱在一起……偶尔可以的，但不能总这么抱在一起……

鲁迅　为什么不能？我流了许多血，就为了亲密无间、彼此相爱的这一天！所有人，所有穷苦的人，孤单的人，饥饿的人，弱小的人，所有母亲，姊妹，兄弟，都不分高低贵贱地拥在一起！他们从没有这么温暖、这么亲密过，手和足，终于抱在了一起……

周作人　可手和足总要分开，各司其事的。

鲁迅　各司其事还不是时候，因为凶神还在。

周作人　凶神……什么时候能不在呢？

鲁迅　他们饿死的时候。

周作人　他们，（诮刻地）什么时候饿死呢？

鲁迅　所有人都到我们这儿来的时候。

周作人　都到这个绳索拧成的王国里？

鲁迅　即便是绳索，也是爱的绳索。

周作人　（摇头）即便是爱，也是绳索似的爱。大哥，奴隶才需要这样的爱，自由的人，不需要。

羽太信子　是的！我就不需要！我只需要五彩的丝线，织布料织丝绸做漂亮衣裳！

鲁迅　信子，你不能只想自己呀！想想看你周围还有多少连片布都没有的人，想想将来，还有多少艰难困苦等着我们……

羽太信子　可我也不能没有自己！困在你这个绳索王国里，我连自己是谁都不知道了！

鲁迅　我不也一样么？我们要先忍一忍……

周作人　你和我们不一样，大哥。血红的绳子在上，你慢慢会成为我们的神，我们的家长，我们的法律！我们想干什么，只要和你不一样，就是错的，就是不顾别人……

羽太信子　让别人见鬼去吧！我才不要忍耐！我要做回我自己！哪怕被凶神吃掉我也要做自己！作人！你跟我走么？

周作人　我……

羽太信子　好，你和你那个圣人大哥呆在一起罢！我走了！

周作人　信子！（信子站住）我跟你走！（对鲁迅）大哥，原谅我不能和你在一起……原谅我不得不和你分离……我们……走了……（欲下）

鲁迅　慢，我走，这院子留给你们。关好门罢。凶神总是偏爱倒霉蛋，你们会因我的离开而平安。（站起来，对看不见的凶神）来，阔人的院墙和穷人的血绳都跨不过去的蠢东西，跟我走吧！你们还等什么呢？

知 己

【 众定住。风声起，鲁迅耸肩抱臂。羽太信子的神态已变成许广平。

许广平 冷吗，先生？

【 鲁迅看了她一眼，没答话。灯光变幻，众大哗，有人殴打，有人躲避。是流氓殴打大学生的场景。

许广平 （跑到鲁迅身边，拉住他）先生！救我！

鲁迅 你是谁？

许广平 女师大学生许广平！先生，快去看看女师大的情形罢！

鲁迅 女师大，怎么了？

许广平 （流氓围拢，她躲在鲁迅身后）快看看我们婆婆样的女校长，怎样倚仗权势践踏着学生的公意！而同学们为利害计，又怎样一个个被她收买了去！情形是一天天恶化了！充满毒菌的空气已将我们包围了！（众静立）先生，您是兼课教师，自然是只要放下书包，洁身远引，就可以立地成佛的！可当您仰头吸着醉人的烟叶时，可想过那些在爬满毒虫的瓦盆里辗转待拔的人们么？（众下）苦闷，苦闷，苦闷之果是最难尝的……先生，告诉我，可有什么法子能在苦药中加点糖分，令人不觉得苦中的苦？而且有了糖分是否即绝对的不苦？先生，您能否不像章锡琛先生在《妇女杂志》中答话的那样模糊，给我一个真切明白的指引哪？

鲁迅　孩子，我哪儿敢指引你们？我自己到现在也是乱闯，要是闯入深渊，自己有自己负责，领着别人又怎么好呢？也许，我只能告诉你，我自己混世的方法……

许广平　好啊，您说说罢。

鲁迅　走人生的长途，最易遇到两大难关。其一是“歧路”，倘是墨翟先生，相传是恸哭而返的。但我不哭也不返，先在歧路头坐下，歇一会，或者睡一觉，于是选一条似乎可走的路再走，倘遇见老实人，也许夺他食物来充饥，但是不问路，因为我料定他并不知道的。如果遇见老虎，我就爬上树去，等它饿得走去了再下来，倘它竟不走，我就自己饿死在树上，而且先用带子缚住，连死尸也决不给它吃。

许广平　连死尸也决不给它吃……（捣乱地）可假如没有树呢？

鲁迅　那么，没有法子，只好请它吃了，但也不妨也咬它一口。（看着许广平，心有所动）

许广平　（感应到他的热情）……这是其一，其二呢？

鲁迅　（仿佛从走神儿中回过神来）其二，便是“穷途”了，听说阮籍先生也大哭而回，我却也像在歧路上的办法一样，还是跨进去，在刺丛里姑且走走。但我也并未遇到过全是荆棘毫无可走的地方，不知道是否世上本无所谓穷途，还是我幸而没有遇着。（停顿）至于对社会的战斗，我是并不挺身而出的，我也不劝别人牺牲生命——自己没做的事，不能去要求别人……

许广平　没有牺牲者的血，民众怎么能被唤醒呢？

鲁迅　你以为牺牲者流了血，民众就一定能被唤醒么？不，不，相反，他们要么被迅速忘掉，要么被打扮得面目全非，至于他们本来是谁，他们为何牺牲，没人愿意记得。

许广平　既是这样，我们又何必为民众去奋斗……

鲁迅　因为他们的眼泪。

许广平　他们的眼泪？

鲁迅　只有眼泪是不能背叛的……人生现在实在苦痛，但我们总要战取光明，即使自己遇不到，也可以留给后来的。我们这样的活下去罢。

许广平　这样的活下去……

鲁迅　孩子，不管怎样，你都要活下去！战士的生命是宝贵的。在战士不多的地方，这生命就更宝贵——总该以小本钱换得极大的利息，至少，也必须卖买相当。以血的洪流淹死一个敌人，以同胞的尸体填满一个缺陷，这损失多么大！欧战的时候，最重“壕堑战”，战士伏在壕中，有时吸烟，也唱歌，打纸牌，喝酒，也在壕内开美术展览会，但有时忽向敌人开他几枪。中国多暗箭，挺身而出的勇士容易丧命，这种战法是必要的。但恐怕也有时会逼到非短兵相接不可的，这时候，没有法子，就短兵相接。总结起来，我自己对于苦闷的办法，是专与袭来的苦痛捣乱，将无赖手段当作胜利，硬唱凯歌——这，或者就是糖罢。

许广平　（轻声）是的，这就是糖。

鲁迅　改革社会最快的还是火与剑，但我无拳无勇，只好印一通书籍杂志，用纸笔来发发牢骚。假如你有牢骚要发，就请帮助我们。

许广平　（轻声）好的，鲁迅师。

鲁迅　最初的革命是排满，容易做到的，其次的改革是要国民改革自己的坏根性，于是就不肯了。那么，无论是专制，是共和，是什么什么，招牌虽换，货色照旧，全不行的。而这国民性最大的病根，是眼光不远，加以“卑怯”与“贪婪”，但这是历久养成的，一时不容易去掉。我对于攻打这些病根的工作，倘有可为，现在还不想放手，（停顿）但即使有效，也恐怕很迟，我自己看不见了。

许广平　（心痛地）您看不见了？

鲁迅　看不见，又何妨呢？要治这麻木状态的国度，只有一法，就是“韧”，就是“锲而不舍”。这虽然近于劝人耐心做奴隶，其实很不同，甘心乐意的奴隶是无望的，但若怀着不平，总可以逐渐做些有效的事。（停顿，低沉地）但我这个人，总是忽而爱人，忽而憎人。做事的时候，有时的确为了别人，有时却为自己玩玩，有时竟因为希望生命从速消磨，所以故意拼命的做。

许广平　您厌世。

鲁迅　有些。

许广平　您不怕死。

鲁迅　不怕。

许广平　您并不在乎这个世界没有您。

鲁迅　不在乎。

许广平　您也不在乎是不是有人，是不是有人……害怕一个没有您的世界。

【　鲁迅愣住。

许广平　当然您更不在乎，活在这个没有您的世界上，对她会是多么难以忍受的酷刑。

鲁迅　我……

许广平　因为她是渺小的，她完全可以忽略不计。

鲁迅　不……

许广平　而假如，只要您活着，一直完完整整地活着，哪怕您只是远远地微笑，吸烟，讲课，写文章，哪怕您和她只是陌路，您和她没有一丁点儿的关系，她都会欢喜！她都会觉得活在世上是好的！因为这世上有您！有您的声音！太阳照在身上，道路曲曲弯弯，您从上面轻快地走过……一切多么完美，只因为您在那里……

【 二人走近，欲相拥。响起胖子和瘦子的声音。

瘦子　鲁迅先生！

胖子　周树人先生！

后记

《大先生》是我的第一部戏剧习作。2009年之前，一直怀着“身在曹营心在汉”的心情，边做文学批评，边做着小说、散文和戏剧的零散练习。我并不认为批评的价值低于叙事，只是，但凡选择写作的人，都会被自己的创造欲所诱惑——不过是有人终于把它压抑了下去，有人则终是忍不住它的发作。我属于后者。在年已老大之时，从熟稔的批评领域，瞎子摸象般闯进戏剧创作的领地来，即便最终铩羽而归，也不打算后悔。

从2009年开始着手准备，到2012年初完稿，这部剧本经历了三年的孕育期。又过了三年——直至今年3月，排演之事方才确定，于是做了最后的修改，并将剧名由原来的《鲁迅》，改为《大先生》。一是因为，“大先生”乃鲁迅先生家人对他的称呼，叫起来温暖亲切；二是因为，先生的心灵、天才、人格与矛盾，的确堪称“大”者；三是因为，“鲁迅”之名长期被刻板化，一见其名，会令多少人望而却步，此剧既是请大家走近他，又何必把这明知的隔阂横在中间。本书用的就是这最后的定稿。

这剧本，因了题材的特殊和写法的奇怪，发表之后，引来不少的关心和疑问。于是，按捺不住问者的勾引，絮叨了几篇关于剧本的文字，也跟师友通信探讨。此前，在写作的过程里，时常感到困惑犹疑，产生跟先生对话的冲动，也写过几篇梳理思路的短文。它们都写于2015年之前，那时剧名为《鲁迅》，收入此书时，文章保留了当时的面貌——凡称《鲁迅》者，即是指《大先生》这个剧本。现在集成一束“自白”，列入书中。

此剧的筹备过程一波三折，本身已够得上一出戏。到2014年8月，貌似一切大体停当，只等招兵买马，排练上演，出版剧本了。于是作家徐晓做东，约来艺术家陈丹青先生和演员、戏剧导演赵立新先生，围绕剧本和鲁迅，对谈了一次。谈过之后，排演事宜又发生了变化。但这对谈的内容本身自有其重要价值，于是完整地保留了下来，这便是书中的“三人谈”。

现在的《大先生》和初稿、二稿相比，已是面目全非。三年的写作摸索，报废了不少笔墨。然而也有些许自感不至完全无趣的片段，不忍丢弃，遂收入书中，是为“残稿”——算是给关心此剧创作历程的读者，提供一点证据，也给自己，留下一点挣扎“奋斗”的印痕。

写作此剧时，以为碰上了平生最难的事。待到写完，方知困难刚刚开始。于今终要排演和出版，最开心的事，莫过于对助我的师友一一奉上谢忱。感谢林兆华导演最初的邀约，是他的信任鼓励了我的天马行空，无知无畏。感谢赵立新先生的肝胆相照，作为我心中独一无二的“大先生”扮演者，从剧作诞生至今，一直毫不犹疑地给我温暖支持。感谢陈丹青先生的慷慨举荐和陈向宏先生的投资决定，使此剧终能搬上未来的舞台。感谢杨乾武先生，在此剧创作的各个阶段，都有他拔刀相助的身影。感谢王得后先生和孙郁先生，在资料准备和认知的过程中，给我无私的点拨。感谢王雁翎女士打破了《天涯》杂志从不发表剧作的先例，最先给这部作品以面向公众的机会。感谢刀尔登先生作序。感谢我的挚友、亲爱的徐晓女士为此书出版耗费的心血。感谢在写作过程中所有启我心智的师友。啊，一部小小的剧本，竟骚扰了如此之多的大名，我深感羞惭。但若不说出内心的感激，我亦不能原谅自己。

现在，这本小书就要走向读者那里。带着些许不安，祈祷它未惹我深爱的大先生生气。也祈祷更多的人在这不冷不热的时代里，愿意走进他炽痛的灵魂。

李静

2015 年 6 月 12 日，于北京